D1724891

Neue Arche Bücherei 8

EINLADUNG

zum MERZABEND am 3 2 1924, 8 Uhr.

in Atelier Dungert, Charl. Hebbelstr 20

KURT SCHWITTERS

~~liest seine AUGUSTE BOLTE~~

trägt vor Zahlendichtungen, ~~ANNA BLUME,~~ Sonate in Urlauten, Revolution in Revon, ~~BLEI-E.~~

MERZ

KARTEN zu ~~0.50, 1~~, 2, ~~3, 4, 5~~ M. an der Abendkasse.

MERZABENDE fanden statt u. A. in Amsterdam, Berlin, Braunschweig, Bremen, Delft, Drachten, Dresden, Einbeck, den Haag, Haarlem, Hamburg, Hannover, s'Hertogenbosch, Hildesheim, Jena, Leer, Leiden, Leipzig, Lüneburg, Magdeburg, Prag, Rotterdam, Sellin, Utrecht, Weimar.

Vorverkauf bei

Lesen Sie die Zeitschrift **Merz**, und auch Sie werden gesund werden.

KURT SCHWITTERS „Das Kreuz des Erlösers" 1919, Sammlung Walden, Berlin.

Kurt Schwitters
Tran Nr. 30
Auguste Bolte
(Ein Lebertran.)
Arche

Gestaltung: Max Bartholl, Frankfurt
Satz: Fotosatz Otto Gutfreund, Darmstadt
Druck: Paul Robert Wilk, Seulberg
Printed in Germany
ISBN 3-7160-5008-3

Inhalt

»Die Beschäftigung mit verschiedenen Kunstarten war mir ein künstlerisches Bedürfnis. Der Grund dafür war nicht etwa Trieb nach Erweiterung des Gebietes meiner Tätigkeit, sondern das Streben, nicht Spezialist einer Kunstart, sondern Künstler zu sein. Mein Ziel ist das Merzgesamtkunstwerk, das alle Kunstarten zusammenfaßt zur künstlerischen Einheit. Zunächst habe ich einzelne Kunstarten miteinander vermählt. Ich habe Gedichte aus Worten und Sätzen so zusammengeklebt, daß die Anordnung rhythmisch eine Zeichnung ergibt. Ich habe umgekehrt Bilder und Zeichnungen geklebt, auf denen Sätze gelesen werden sollen. Ich habe Bilder so genagelt, daß neben der malerischen Bildwirkung eine plastische Reliefwirkung entsteht. Dieses geschah, um die Grenzen der Kunstarten zu verwischen.«

Tran Nr. 30

AUGUSTE BOLTE

(ein Lebertran.)

VON

KURT MERZ SCHWITTERS

FÜNFTE AUFLAGE

1923

Verlag Der Sturm / Berlin

Kurt Schwitters

Tran Nr. 30

Auguste Bolte

(Ein Lebertran.)

AUGUSTE BOLTE

gewidmet

1. AUGUSTE
2. Der Kunstkritik.
3. Der Fakultät Leb.
4. Allen meinen lieben
   Freunden.

(eine Doktorarbeit)*

* mit Fußnoten.

Motto:

Man wünscht ja allen Menschen was Gutes, aber das Schlechte kommt von selbst.

(Doris Thatje.)

Gedicht:

O Mensch, tu dieser nichts zu Leide,
Dies ist kein Bleistift, sondern Kreide.
Sie hat Berechtigung zu denken.
Drum wolln wir ihr nich weiter kränken.

Einleitung

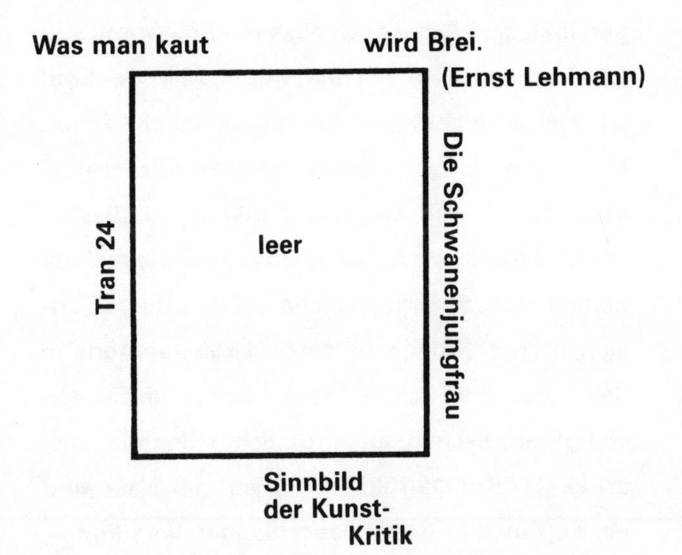

Der Autor hat ein merkwürdiges Sinnbild für die brave Kkunstkkritik geschaffen. Es ist eine naturgetreue Nachbildung aus den Kritiken in Tageszeitungen. Die Tagespresse über Kunst, sogenannte Tageskunstpresse, hat ein Kinderkleidchen an. Keusch und tüchtig hat sie ein Schürzchen vorgebunden, mit Stickereibesatz, nicht zu verwechseln mit Stänkereibeschmutz. Beine hat sie keine, sozusagen ausverkauft. Womit soll sie also gehen? Auf die Hände. Aber die sind sozusagen inklusive Arme auch ausverkauft. Womit soll sie also zupacken? Mit dem Kopfe. Aber der Kopf ist weiter nichts als ein Kleiderhaken. Daran hängt nun die Tageskunstpresse mit Stickereibesatz. Womit soll sie aber denken? Zu diesem Zweck hat ihr der Autor einen Ersatzreservekopf beigegeben, wie man solche bei den Büsten altägyptischer Könige in deren Grabkammern in den Pyramiden schon findet.* Der Kopf hat den charakteristischen, eigentümlich bellenden Ausdruck der Kunstkritiker, Brille auf der Nase und ein Kopftuch an Stelle des fehlenden Verstandes. Die Nase ist rot. Wer Sorgen hat, braucht auch Likör.

Wieso dieses aber eine Einleitung wäre? Mein Herr, zunächst gilt es die Kritik zu bestechen, damit sie meinem Buche recht gute Zensuren schreibt. Wer gut schmiert, der gut fährt.

Kurt Schwitters

* siehe Peliareusmuseum, Hildesheim.

Auguste Bolte* sah etwa 10 Menschen auf der Straße, die in einer und derselben Richtung geradeaus vorwärts gingen. Das kam Auguste Bolte verdächtig, ja sogar sehr verdächtig vor. 10 Menschen gingen in einer und derselben Richtung. 1, 2, 3, 4, 5, 6, 7, 8, 9, 10. Da mußte etwas los sein. Denn sonst würden nicht ausgerechnet 1, 2, 3, 4, 5, 6, 7, 8, 9, 10 Menschen in genau einer und derselben Richtung gehen. Wenn nämlich nichts los ist, so gehen 1, 2, 3, 4, 5, 6, 7, 8, 9, 10 Menschen nicht in der ausgerechnet selben Richtung, sondern dann gehen 1, 2, 3, 4, 5, 6, 7, 8, 9, 10 Menschen in 1, 2, 3, 4, 5, 6, 7, 8, 9, 10 verschiedenen Richtungen. Das ist einmal sicher, und Fräulein Auguste Bolte war immer ein gescheites Mädchen gewesen, schon in der Schule. Wenn aber was los ist, so gehen 1, 2, 3, 4, 5, 6, 7, 8, 9, 10 Menschen in der Regel in einer und derselben Richtung, und nicht in 1, 2, 3, 4, 5, 6, 7, 8, 9, 10 verschiedenen Richtungen. Wenn etwas los ist, können auch 10, 20, 30, 40, 50, 60, 70, 80, 90, 100

* Auguste Bolte, Anna Blume und Arnold Böcklin haben die gleichen Anfangsbuchstaben: A. B.

Menschen in einer und derselben Richtung gehen. Wenn etwas los ist, können sogar 100, 200, 300, 400, 500, 600, 700, 800, 900, 1000 Menschen in einer und derselben Richtung gehen. Das, und vieles andere, wußte Auguste. Z.B. wußte Auguste, daß sie sich auf wußte reimen mußte. Auguste zählte. Es waren tatsächlich 1, 2, 3, 4, 5, 6, 7, 8, 9, 10 Menschen, die ausgerechnet in einer und derselben Richtung gingen. Warum ausgerechnet? Wer sollte sich erdreistet haben, diese 1, 2, 3, 4, 5, 6, 7, 8, 9, 10 Menschen auszurechnen? Aber jemand mußte es getan haben, die Grenze ist nämlich 9. Denn bei 9 Menschen, d.h. wenn ausgerechnet 1, 2, 3, 4, 5, 6, 7, 8, 9 Menschen in einer und derselben Richtung gehen, kann zwar etwas los sein, braucht aber nicht unbedingt etwas los zu sein. Die Zahl 10 aber überzeugt gewissermaßen restlos, d.h. wenn ausgerechnet 1, 2, 3, 4, 5, 6, 7, 8, 9, 10 Menschen in ausgerechnet einer und derselben Richtung gehen, so muß gewissermaßen ausgerechnet etwas los sein. Aber was? Es war Auguste klar, wobei sich war auf klar reimt, daß etwas los sein mußte, wobei mußte sich wieder auf Auguste reimte. Aber wie gesagt, was? Es war ihr klar, sie würde es nie nie erfahren, wenn sie einen von den 1, 2, 3, 4, 5, 6, 7, 8, 9, 10 Menschen fragte, denn jeder einzelne, also 1, 2, 3, 4, 5, 6, 7, 8, 9, 10, jeder einzelne, ist so gemein, indem gemein der einzig passende Ausdruck für so eine Gemeinheit ist, daß er seine, gewissermaßen je seine Neuigkeit exklusive für sich behielt. Auguste wußte das, sie war schon in der Schule gewissermaßen eine begabte Schülerin gewesen. Und nun? Was war nun zu tun? Ein unerhörter Reim! Nun reimte sich auf zu tun. Es war Fräulein Auguste darüber hinaus noch insbesondere auffällig, daß sowohl nun sich auf zu tun, als auch zu tun sich anderseits auf nun reimte. Und inzwischen gingen die 1, 2, 3, 4, 5, 6, 7, 8, 9, 10 Menschen gewissermaßen stetig weiter. Auguste aber blieb in Gedanken gewissermaßen wie versunken eine kurze Spanne Zeit wie angewurzelt, gewissermaßen wie ein Baum, stehen, als sie den unerhörten Reim einerseits und anderseits zwischen nun und zu tun entdeckte. Der Reim stieß ihr auf. Wie Lebertran.

Auguste schluckte. Wenn nämlich etwas los ist, dann passieren die ungereimtesten Dinge. Dann reimt sich plötzlich, was sich sonst nicht reimt. Resumieren wir! 1, 2, 3, 4, 5, 6, 7, 8, 9, 10 Menschen gingen in einer und derselben Richtung, nun reimte sich auf zu tun. Also mußte was los sein. Wie sollte es nun Auguste erfahren? Nie, wenn sie jemand von den 1, 2, 3, 4, 5, 6, 7, 8, 9, 10 fragte, denn jeder einzelne behielt seine Weisheit für sich. Bloß, um Auguste zu ärgern. Es war eine unerhörte Frechheit, daß nicht ein anständiger Mensch von Seelenadel dabei war und kam, um Auguste alles zu verraten. Man nahm eben Auguste einfach nicht für voll. So etwas darf sich aber kein zivilisierter Mensch gefallen lassen. Was nun zu tun? Ein ganz unheimlicher Reim. Es mußte etwas getan werden, sonst konnten Auguste die unerhörtesten Dinge passieren. Sie würde womöglich in Reimen ersticken. Alliteration würde hinzukommen, und wenn sie gar in eine Metrik eingeleimt würde, wäre es aus. Dann würde man sie womöglich wie eine alte Jungfer behandeln, und sie war doch so ein gescheites

Mädel gewesen, schon in der Schule, begabt, und man würde ihr aber auch nichts mehr sagen, was gerade so interessant war, respektive wäre. Das durfte einer Frau wie Auguste nicht passieren. Hier mußte also etwas geschehen. 1, 2, 3, 4, 5, 6, 7, 8, 9, 10 Menschen gingen in akkurat einer und derselben Richtung, nun reimte sich auffällig auf zu tun, niemand verriet Auguste, was los war. Das ging Auguste wider den Strich. Einen Augenblick überlegte sie, was denn der Strich bei ihr wäre, wider den es ihr gewissermaßen ging. Dann raffte sie ihr Kleid und ihre ganze Männlichkeit zusammen und lief hinter den 10, 9, 8, 7, 6, 5, 4, 3, 2, 1 Menschen her.

Aber was war das? An der nächsten Straßenecke trennten sich 5 von den übrigen 5 und gingen in eine Straße, während die restlichen 5 in die andere Straße gingen. Auguste hielt das selbstverständlich für eine infame List, für eine unverschämte Täuschung. Die 10 Leute hatten sich gewissermaßen stillschweigend gesagt, daß es Auguste auffallen mußte, daß sie in einer und derselben Richtung gingen. Daraus würde Auguste dann ihre Schlüsse ziehen, z. B. daß etwas los sein müßte. Diese 10 Menschen rechneten also gewissermaßen bei Auguste mit dem normalen Verstande des durchschnittlichen Menschen. Sie hatten sich auch stillschweigend gesagt, daß Frl. Auguste Bolte zu erfahren suchen würde, was denn nun los wäre. Auguste würde ihnen folgen und folgen und auf diese einfache Weise schließlich sehen, was sie hören wollte, mit anderen Worten, was los war, gewissermaßen um worum es sich eigentlich handelte. O, Auguste kannte die Massenpsychose ganz genau, schon in der Schule war sie ein begabtes Mädchen gewesen. Aber eine alte Jungfer durfte nicht alles wissen. Und um Fräulein Auguste zu täuschen, hatte man sich stillschweigend getrennt. Auguste konnte doch nur je 5 Personen nachlaufen, man wußte, daß Auguste sich nicht teilen konnte. Aus verschiedenen Gründen. D. h. die Gründe waren hier gleichgültig, aber es war eine unverschämte Dreistigkeit von der Masse gewesen, sich zu trennen, oder besser gesagt zu teilen. Auguste war aber kurz von Entschluß und ging schnell entschlossen den einen 5 nach. Auguste war aber auch gewissenhaft, gewissermaßen Charakter. Ja, sollten es auch wohl die anderen 5 gewesen sein? Salzige Zweifel kochten in ihrem armen, gemarterten Schädel, etwa wie Sauerkohl. Es kam ihr so verdächtig vor, gerade 5.* Sie ging noch ein paar Schritt, da kam ihr die Eingebung, es müssen die anderen 5 gewesen sein. Aber was denn gewesen sein? Jedenfalls besann sie sich und kehrte, kurz von Entschluß wie sie war, kurzentschlossen um und ging den anderen 5 nach. Fräulein Auguste sah es nämlich nicht ein, weshalb sie nicht ebensogut diesen 5 nachgehen sollte, wie den einen 5. 5 ist 5, und 5 Menschen sind 5 Menschen, von individuellen Eigentümlichkeiten abgesehen, die aber in diesem Spezialfalle gewissermaßen gleichgültig waren. Also ging sie den anderen 5 nach. Aber immerhin, und das gerade war dabei das raffinierte, aus demselben Grunde, wie sie den anderen 5 nachging, hätte sie auch den einen 5 nachgehen können, den ersten 5. Warum aber auch sich 10 Men-

* und dabei ist 5 ungerade.

schen in Gruppen von je 5 teilen mußten. So etwas war eine raffinierte Taktik des gewissermaßen feindlichen Haufens. Denn es war doch in diesem Falle in der Tat an sich gänzlich gleichgültig, welchen von den je 5 Menschen Auguste nachgehen sollte. Die salzigen Zweifel begannen überzukochen. Aber Auguste war stets ein gescheites Mädchen gewesen, schon in der Schule. Ohne dabei Streber zu sein. Und so kam sie auf die einzig richtige Lösung. Da sie nämlich die Wahl zwischen 2 je gleichen 5 der Quantität nach hatte, so mußte sie genaugenommen jeden 5 ganz gleichmäßig nachgehen, besonders in bezug auf die Gehungsdauer. Also vulgär ausgedrückt mußte sie zunächst eine Zeiteinheit den einen 5 nachgehen, darauf dieselbe Zeiteinheit den anderen 5, dann wieder den einen 5, anderen 5, einen 5 usw. Also: Auguste überlegte nicht lange, sondern kehrte schnell entschlossen um und lief um die Straßenecke zurück, mal sehn, was wohl die einen 5 machten. Da nun alle beide 5 stetig weitergingen, so wurde ihre Entfernung von der Ecke und von einander immer größer und größer, so daß Auguste laufen mußte, schon wieder dieser unheimliche Reim, weil eben der Weg ständig länger wurde. Je nun, Auguste war jung, und sie tat es immerhin gewissermaßen aus Gesundheitsgründen. Nun war Auguste wie gesagt ein gescheites Frauenzimmer. Immer schonst gewesen. Und sie wußte sich zu helfen, als sie immer schneller und schneller laufen mußte. Zunächst legte sie erstlich einmal allen überflüssigen Ballast ab. Wie ein Schiff alles Entbehrliche ins Meer wirft, wenn es sinken will, damit wenigstens nicht alles auf einmal sinkt, so legte sie, da nun doch einmal gewissermaßen das Leben auf dem Spiele stand, ihren Hut mit Nadel, ihre Handschuhe, ihre Handtasche mit Taschentuch und Portemonnaie, ihren Kneifer, Ringe und Armbänder als in diesem Falle vollständig entbehrlichen Ballast ab und lief bald den einen 5, bald den anderen 5 nach, indem sie um die Ecke pendelte. Dabei bewunderte Auguste ihre Geistesgegenwart, daß sie bei aller Eile immer noch wußte, daß sie Ballast abwerfen mußte. Wieder so ein Fall von Reim, und zwar reimten sich wußte auf mußte, mußte auf wußte und mußte und wußte auf Auguste. Wieder reimte es sich in unerhört lächerlich selbstverständlicher Art und Weise. Alles deutete auf etwas Außerordentliches hin. Und Auguste pendelte wie gesagt inzwischen und währenddessen hin und her um die Ecke und fühlte dabei die innere Genugtuung, daß sie ihre Pflicht, so schwer es ihr auch wurde, voll und ganz erfüllte, und zwar fühlte sie es um so stärker, je schneller sie laufen mußte. Nur wurde sie heiß dabei, und die Kleider schlenkerten ihr um die Knie. Aber Auguste war stets ein scharf denkendes Mädchen von schnellem Entschlusse gewesen. Indem sie beim Laufen nun überlegte, daß sie ihre Geschwindigkeit steigern müßte, um noch inskünftig den Anschluß von den einen 5 bis zu den anderen 5, die sich stetig von einander sowie von der Ecke entfernten, zu behalten, kam ihr der selbstverständliche, gewissermaßen auf der Hand liegende Gedanke, daß sie auch Kleid und Bluse als überflüssigen Ballast zu betrachten habe. Dabei freute sie sich, daß ihr immer noch bei aller Geschwindigkeit so schöne Wortspiele gelangen und griff den gewissermaßen auf der Hand liegenden Gedanken fest ins Auge und entledigte sich weiteren Ballastes. Auguste lief jetzt zunächst Richtung ab die einen 5 nach den anderen 5. Aber kein Mensch kann seinem Schicksal entgehen. Die Entfernung der beiden je 5 war allmählich so groß geworden, daß Auguste mit Aufbietung aller Schnelligkeit nur noch ein letztes Mal mit Aussicht auf Erfolg, die anderen einen 5 zu treffen den Weg um die Ecke wagen durfte. Einmal muß der Mensch sich endgültig entscheiden. Das ist Menschenlos. So traurig es an und für sich auch ist. Und so überwand Auguste ihre salzigen Bedenken, ob sie recht täte, den einen oder den anderen 5 zu folgen, und entschloß sich, noch ein letztes Mal den Weg um die Ecke zu laufen, um die einen 5 zu erreichen.

Kaum hatte Auguste Bolte ein wenig echauffiert die einen 5 erreicht, als sich plötzlich ein junges Mädchen abtrennte und ohne Wort und ohne Gruß, gewissermaßen wie selbstverständlich, in ein Haus ging. Was nun? Der Reim heißt zu tun.

Der nutzte Auguste soviel wie nichts. Zurück zu den anderen 5 wäre jetzt das einzig Richtige gewesen. Aber das Schicksal hatte gewissermaßen gegen Auguste gezeugt.* / Denn erreichen konnte sie die anderen 5 nun nicht mehr, die Entfernung war zu groß geworden. Andererseits war die Wahl jetzt allerdings leicht. Zwischen 1, 4 und 5 Personen waren selbstverständlich die 5 zu wählen. Das war Auguste, der Reim heißt klar. Aber Auguste war ein gescheiteltes Mädchen, schonst in der Schule gewesen, und von Entschluß. Die 5 konnte sie nun nicht mehr erreichen, also blieb ihr nur die Wahl zwischen den 4 und der einen. Schnell entschlossen, wie Auguste Bolte nun einmal war, sie war schonst in der Schule ein gescheiteltes Mädchen gewesen, ging sie den 4 nach, merkte sich aber aus Gewissenhaftigkeit zum Überfluß die Hausnummer, hinter der die eine verschwunden war. Das war Nummer 5 gewesen. Ausgerechnet Nr. 5. Was hatte das nun zum Beispiel wieder zu bedeuten? Eine trennte sich von 5 und ging in 5. Das war ungewöhnlich. Das mußte was bedeuten. Alles dieses,

* von Zeuge, siehe unter »Gericht«.

unter anderem auch die vielen Reime, bestärkte Auguste in dem richtigen Bewußtsein, daß hier was los sein mußte, welches sie bestimmt erfahren wollte. Denn warum hieß sie sonst Bolte? Ohne Grund reimt man sich nicht ein ganzes Leben lang auf wollte. Nachdem Auguste so gedacht hatte, ging sie, wie gesagt, kurz entschlossen den vieren nach. Junger Mensch muß Glück haben. Auguste wischte sich nun zunächst die Schweißperlen von der Stirn, kühlte sich ein wenig ab und freute sich im Herzen, daß sie sich ein wenig verschnaufen konnte, weil die 4 ganz gemütlich gingen, gewissermaßen als ob nichts passiert wäre. Und dabei wußte es Auguste, schon wieder dieser unheimliche Reim, daß doch und doch etwas los war. Weshalb würden sonst die 4 noch in einer und derselben Richtung zusammen gehen.

Plötzlich kam eine Straßenkreuzung. Und als ob der Teufel im Spiele wäre, gingen 2 rechts weiter und 2 links. Was nun tun? Schon wieder dieser unheimliche, dieser bohrende Reim. Auguste wußte, was sich schon wieder bohrend reimte, nicht was sie nun tun sollte. Das war mehr, als ein Mensch ertragen konnte, dreifacher Reim in weniger als 30 Sekunden. Auguste wußte, der vierte Reim, daß die ganze Angelegenheit gewissermaßen in ein kritisches Stadium getreten war. Auguste war fest entschlossen, gewissermaßen nachzutreten. Das System kannte ja Auguste schon von ihren Erfahrungen im Verfolgen der je 5 Personen. Auguste war gewissermaßen imstande, eine Taktik im Verfolgen von 2 gleichen Volkshaufen zu schreiben, so gut war sie orientiert. Und sie war willens, diese Taktik, ihre Taktik bei der Verfolgung von 2 Volkshaufen von je 2 Personen wieder anzuwenden. Die Geschichte würde dieses einmal die Fräulein-Augusta-Taktik nennen, dann wäre sie mit einem Male geschichtsreif. Also Fräulein Auguste ging zunächst hinter den einen zweien eine Zeitlang her. Darauf kehrte sie um und ging dieselbe Zeiteinheit hinter den anderen 2 her. Denn wie konnte sie es wissen, welche 2 es waren. Wer konnte es überhaupt wissen, welche 2 die Richtigen wären. Oder vielmehr waren. Ja, waren ist hier der richtige Konjunktiv. Waren war hier der richtige Infinitiv. Dabei war es Auguste immerhin etwas unheimlich, daß bei solchen immerhin schwierigen Situationen immer noch gewisse Fremdwörter dabei waren. Wer z.B. wollte jetzt noch etwas von Fremdwörtern wissen, die sonst das Leben so angenehm möblieren? Und Auguste kehrte wieder um, Richtung ab die einen zwei nach den anderen zweien. Wie angenehm, daß sie dieses Mal nicht wieder um die Ecke zu pendeln brauchte, denn die je 2 gingen in genau einander entgegengesetzten Richtungen. Wie angenehm, daß bei jedem Übel noch ein Glück dabei ist. Kaum stirbt der Mensch, so kann er sich auch schon einen Sarg leisten, und wenn er im Leben auch noch nicht einmal einen Nagel dazu gehabt hat. So etwas nannte Auguste Glück. Und inzwischen wurde die Entfernung der je 2 und 2 größer und größer. Auguste lief hin und zurück, hin und zurück, bis sie endlich wieder vor die Entscheidung gestellt wurde, sich zu entscheiden, welchen 2 sie endgültig nachlaufen wollte. Aber immerhin kannte sie ja gewissermaßen schonst das System. Das System lag ja der Fräulein-Augusta-Taktik zu Grunde. Was war da im Spezialfalle groß zu entscheiden? Auf das System kommt es immer an. Und im Menschenleben kommt des öfteren der Punkt, wo das entweder-oder aufhört, gewissermaßen ein Wendepunkt, etwa wie eine Wand, auf die geschrieben ist: »Bis hierher und nicht weiter!« Auguste kannte diesen Gedankengang von ihrer Taktik her. Auguste war ein gescheites Mädchen, immer schon gewesen, schonst in der Schule. Ohne dabei Streber zu sein. Besonders aber in der Schule des Lebens war Auguste Bolte gescheitelt. Das Leben war eine strenge Schule. Nur gescheitelte Leute können das Leben leben. Das Leben ist eine hohe Schule. Gewissermaßen Hochschule. Und auf dieser Hochschule wollte Frl. Auguste Bolte ihren Doktor machen, Doktor des Lebens, gewissermaßen, Dr. Leb. Und dieses sollte ihre Doktorarbeit werden. Das Thema schrie nach Bearbeitung, denn es war bislang noch sehr wenig bearbeitet, ein dankbares Thema. Wie würde Auguste nachher dastehen, wenn sie Dr. des Lebens wäre, Fräulein Dr. Auguste, Fräulein Dr.

Leb. Eine neue Fakultät. Dieses und manches andere, z. B. das Wort Infinitiv, dachte Auguste, auf deutsch »Die Erhabene«, während sie von den anderen 2 sich endgültig abtrennte, um ab nun den anderen einen 2 nachzulaufen. Auguste schätzte jetzt ihre Geschwindigkeit auf die des Schalles, 333⅓ m die Sekunde. Eine weitere Steigerung schien ihr unmöglich zu sein, sie würde sonst ankommen, bevor man ihre Fußtritte hören konnte, und der Donner ihrer Schritte würde ihr auf dem Fuße folgen. Nun war Auguste so bescheiden wie klug, und so beschied sie sich, die einen 2 nun nicht mehr zu verlassen, sondern ihnen zu folgen, bis sie erfahren haben würde, was los wäre.

Plötzlich trennten sich auch diese letzten zwei, einer ging in ein Haus rechts, der andere in ein Haus links. Frl. Dr. Auguste, ich will sie hier honoris causa* schon so nennen, stand auf der Straße wie ein Mann. Links ging eine Hoffnung ins Haus, rechts ging eine Hoffnung ins Haus. Rechts ging eine Hoffnung ins Haus, links ging

* ehrenhalber.

eine Hoffnung ins Haus. Frl. Dr. Auguste war ein gescheiteltes Mädchen. Sie dachte an das Wort »Infinitiv«. Plötzlich schoß ihr gewissermaßen das Wort »Baum« durch den Kopf. Das heißt eigentlich schoß es gar nicht. Denn wie Frl. Dr. Auguste auch ihren Kopf befühlte, er war ringsum heile geblieben. Hätte oder wäre nämlich das Wort geschossen, so hätte sie ein Loch im Kopf haben müssen. Das heißt, genaugenommen 2 Löcher, denn ein Wort konnte ihr doch nicht in den Kopf schießen, sondern es konnte bei der großen Geschwindigkeit nur durch den Kopf schießen. Wie eine Flintenkugel. Plötzlich erschrak Frl. Dr. Auguste, denn sie fand ihre beiden Ohrlöcher. 2 Löcher, eines links, das andere rechts. Das mußte ihr auffallen. Sollte das Wort ihr wohl durch beide Ohrlöcher geschossen sein und diese zwei Öffnungen gerissen haben? Aber dann hätte es bluten gemußt. Aber bluten tat es nicht. Und dabei hatte Frl. Dr. Auguste auch inzwischen vergessen, welches Wort eigentlich geschossen hätte. Sie konnte sich nicht darauf besinnen. Außerdem schien aber auch wie gesagt nichts geschossen, weder zu haben, noch zu sein. So leicht schießen die Worte nicht. Immerhin jedoch beunruhigte es sie, daß doch vielleicht eventuell ein Wort geschossen haben könnte, wenn es auch ein kalter Schuß gewesen wäre. Dieses ebenso wie die außergewöhnlich häufigen Reime in der Umgangssprache Frl. Dr. Augustes mit sich selbst bestätigten sie in dem ganz richtigen Gefühl, daß etwas los sein mußte. Und dabei war einer rechts und einer links ins Haus gegangen. Frl. Dr. Auguste bewunderte ihre diesbezüglich eigene Ruhe. Es war etwas los, und sie wußte es nicht, immer noch nicht. Und nun begann sie zu überlegen, was hier nun zu tun wäre. Der alte Reim von nun und zu tun hatte sie ja bislang so gut geleitet. Er leitete Auguste, bis sie wußte. Wie alte Poesie umgab sie der Reim. Wem von den beiden sie nun folgen sollte, war schwer zu entscheiden. Einer ist einer, jedenfalls der Quantität nach. An sich war es in der Tat ziemlich gleichgültig, welchen von den beiden Frl. Dr. Auguste nun folgen sollte. Sie sah sich in ihrem Geiste, Frl. Dr. Auguste hatte nämlich Geist, schon wieder stundenlang hin- und herpendeln zwischen den beiden einander gegenüberstehenden Häusern. Denn sie kannte ja die Taktik, denn das System hatte sich nicht geändert. Auguste wußte, daß die Entfernung der beiden einander gegenüberstehenden Häuser stetig größer und größer werden würde, bis sie endlich so groß war, daß Auguste sich wieder entscheiden mußte, wem von den beiden sie endgültig folgen wollte, weil sie bei Aufbietung aller Anstrengung bei der großen Entfernung nicht mehr den Pendelverkehr zwischen den beiden Häusern aufrecht erhalten könnte. Wenn sie nun aber zum Schluß sich entschieden haben würde, dann würde dieser eine sich plötzlich in zwei Hälften teilen. Und die eine Hälfte würde in ein Zimmer gehen, die andere in das andere. Welcher Hälfte sollte Auguste dann folgen? An sich war es wieder gleichgültig. Frl. Dr. Leb würde also wieder pendeln zwischen 2 aneinander gegenüberliegenden Zimmern, die sich stetig voneinander entfernten. Schließlich würde die Entfernung der Zimmer so groß werden, daß Frl. Dr.

sich wieder würde entscheiden müssen. Die Hälfte würde sich dann in zwei Viertel teilen, das eine Viertel sich auf einen Stuhl setzen, das andere auf einen anderen. Die Entfernung der Stühle würde stetig größer werden, Frl. Dr. pendeln, schließlich sich für ein Viertel entscheiden, das sich dann in 2 Achtel teilte, das eine Achtel würde sich auf eine Stuhlhälfte setzen, das andere auf die andere. Das System kannte Frl. Dr. A. Bolte, und mit ihr und durch sie die Wissenschaft. Aber sie hatte auch durch die Präzedenzfälle* gelernt. Ihre Taktik war eben falsch gegenüber dem System. Anderseits wußte sie nicht gleich eine neue Taktik. Sie würde schließlich erleben, daß die Teilung vom Achtel fortschritte zum Sechzehntel, Zweiunddreißigstel, Vierundsechzigstel, Einhundertachtundzwanzigstel, bis zum Atom, und sie fürchtete, es würde nichts mehr übrigbleiben, an das sie sich wenden könnte, zwecks ihrer Doktorarbeit, um zu erfahren, was los wäre. Es schossen jetzt so viele Gedanken durch Frl. Dr. Augustes Kopf, daß derselbe wie ein Sieb ge-

* seltenes Tier, lebt in Sibirien, Fell sehr wertvoll.

worden war und mehrere tausend Ohren zu haben schien. Wenigstens kam es Frl. Dr. so vor. Erfahrung ist die größte Wissenschaft. Die Taktik war falsch. Frl. Dr. Auguste würde ihre Kraft schließlich vergeudet haben, und die 10 Menschen würden sich in ca. eine Milliarde von Teilen aufgelöst haben. Ja, Auguste war schon in der Schule ein gescheites Mädel gewesen. Immerhin braucht unsere degenerierte Kultur konsequente Menschen. Frl. Dr. Auguste Bolte war konsequent, sie hatte ohne Frage Charakter.

Kurz entschlossen, wie Frl. Dr. Auguste war, entschloß sie sich, nunmehr die eine junge Dame aufzusuchen, die seinerzeit in das eine Haus gegangen war, indem sie sich von den restlichen vieren abtrennte. Auguste fand auch die Straße wieder und ging in ein Haus. Parterre stand an der Tür: »Frau getrocknete Pflaumenerzeugerswitwe Alma Schulz.« Der Titel kam Auguste sehr verdächtig vor. Sie klingelte, und als eine Frau ihr öffnete, sagte sie: »Ist hier wohl vor etwa einer Stunde ein junges Mädchen hereingekommen, welche sich von 4 Genossen zuvor auf der

Straße abgetrennt hatte?« Frau getrocknete Pflaumenerzeugerswitwe sagte, es wäre vielleicht gegenüber gewesen. Frl. Dr. Auguste klingelte nun gegenüber und fragte: »Ist hier wohl vor etwa einer Stunde ein junges Mädchen hereingekommen, welche sich kurz zuvor von 4 Genossen abgetrennt hatte?« Die betreffende Dame sagte: »Vielleicht gegenüber?« Frl. Dr. Auguste klingelte also wieder gegenüber bei der wirklichen geheimen Pflaumenerzeugerswitwe Alma Schulz und sagte zu der Dame, als diese ihr öffnete, die Dame von vis-à-vis* hätte sie hierher gewiesen, und so nähme sie noch einmal Gelegenheit, zu fragen, ob hier vielleicht ein junges Mädchen vor einer Stunde hereingekommen wäre, indem diese sich von vier Genossen zuvor abgetrennt gehabt hätte. Frau getrocknete Pflaumenerzeugerswitwe Alma Schulz sagte, es wäre vielleicht erste Etage gewesen. Nun klingelte Frl. Dr. Bolte erste Etage und fragte, ob dort vielleicht ein junges Mädchen vor circa einer Stunde hereingekommen wäre, indem sie sich zuvor von

* französisch.

4 Genossen abgetrennt gehabt haben würde. Die betreffende Dame sagte: »Vielleicht Parterre?« Also klingelte Frl. Dr. Auguste wieder Parterre und fragte die Frau wirkliche getrocknete Pflaumenerzeugerswitwe, ob dort wohl vor etwa circa einer Stunde ein junges Mädchen hereingekommen wäre, indem sie sich zuvor von 4 Genossen abgetrennt gehabt hätte. Frau wirkliche getrocknete Pflaumenerzeugersrätin verneinte höflich, aber durchaus bestimmt und sagte: »Vielleicht fragen Sie einmal in der zweiten Etage nach, hier isse* nich.« Frl. Dr. A. Bolte fragte nun auch in der zweiten, dritten, vierten, fünften Etage in beiden Wohnungen, je rechts und links. Zwischendurch wurde sie wiederholt zu der Frau wirklichen getrockneten Pflaumenerzeugersrätin geschickt, die nach wiederholten so bestimmten als höflichen Abweisungen zuletzt begann, sich zu räuspern und heiser zu hüsteln. Es half ihrer hochgetrockneten Rätin nichts. Frl. Dr. Auguste kam nämlich noch einmal, klingelte und fragte, ob hier vielleicht ein junges Mädchen vor

* provinzieller Ausdruck.

ca. ungefähr einer knappen Stunde – »2½ Stunden«, verbesserte Frau Rätin –, also vor ca. ungefähr 2½ Stunden ein junges Mädchen gewissermaßen hereingekommen wäre – »Indem sie sich zuvor auf der Straße von 4 Genossen vorher getrennt gehabt worden wäre«, ergänzte Frau wirkliche getrocknete Rat. Und mit einem Male wurde Frau Pflaumenrat, indem sie die ganze Angelegenheit für eine Pflaume hielt, so unangenehm, wie es Frl. Dr. doch nicht weder erwartet noch verdient hatte. Nachdem sie* sich wiederholtermaßen geräuspert hatte, grinste sie, wedelte mit beiden Händen**, als ob sie die Luft wiegen wollte, schlug mit flacher Hand des öfteren gegen die Tür und zerschlug aus Versehen dabei die Glasscheibe. Dann schrie sie: »Bi, bi, bi, bi, bi, bi«, bekam einen Schreikrampf, rannte aus dem Haus und alarmierte die Feuerwehr. Scheibe einschlagen, drücken, warten bis jemand kommt. Sie wartete aber nicht, sondern kehrte um, nahm ihren aus Draht geflochtenen Abtreter

* Frau Rat.
** wie ein Hund.

und haute damit senkrecht von oben mit einer Kraft von etwa 2 Pferdestärken auf Frl. Dr. Augustes vielgeprüften Kopf. Frl. Dr. Auguste bemerkte dieses sogleich und zwar in nicht angenehmer Weise, und da es ihr ungemütlich wurde, ging sie mit Würde ins Hinterhaus, um dort in gleicher Weise nach dem Verbleib des jungen Mädchens zu fragen, die sich vor ca. 3 Stunden von 4 Genossen getrennt hätte, um in 5 zu gehen. Zunächst fiel ihr 3, 4, 5 sehr auf. Das war Rhythmus. Aber lange konnte sie nicht hierüber hin- und herdenken, wieso das wohl von Wichtigkeit wäre, denn sie bekam beim eiligen Auf- und Absteigen einen Wadenkrampf. Es war ihr sehr unangenehm. Sie hatte es etwas eilig. In allen Türen standen neugierige Mäuler. Und Frl. Dr. Auguste mußte der Ruhe pflegen, wobei die Wade lebhaft schmerzte. Sie dachte zunächst über die Begriffe Ramm und Wadenkrampf nach. Ramm ist gewissermaßen ein Wadenkrampf im Fuße und Wadenkrampf ist ein Ramm im Unterschenkel. Maulsperre ist auch so ähnlich. Und es war immerhin noch ein Glück, daß Frl. Dr. Auguste nicht

Maulsperre statt Wadenkrampf bekommen hatte. Sie hätte ja auch plötzlich etwa Gehirnerweichung bekommen können, und dann hätte sie die grandiose Verfolgung ihrer Idee vorzeitig aufgeben müssen. Auguste war ein dankbares Wesen, und sie erzählte es allen Leuten, die in den Türen standen, wie gut es wäre, daß sie bloß Wadenkrampf hätte. »Da müssen Se mitten Filzschuh draufhaun«, sagte eine Dame. Frl. Dr. bat um einen Filzschuh und konnte nun die Verfolgung ihrer Idee wieder aufnehmen. In der fünften Etage zweite Tür sagte man ihr, die Dame wäre vielleicht in Nummer 5 gegangen, dieses wäre Nummer 6. Frl. Dr. Auguste sagte »Dankeschön« und ging ein Haus weiter, Vorderhaus und Hinterhaus, je 12 Wohnungen. Zwischendurch kam der Wadenkrampf wieder, dann lieh sie sich wieder einen Filzschuh. Plötzlich verlor sie einen Absatz. Aber was bedeutet das gegenüber der Ewigkeit? Und in der fünften Etage Hinterhaus zweite Tür sagte man ihr, sie sollte es doch in Nummer 5 versuchen, dieses wäre 5a. Frl. Dr. Auguste war ein gescheites Mädchen, schon in der

Schule gewesen. Sie wußte, daß der Mensch durch Übung geschickt wird, und daß sie die junge Dame um so schneller finden würde, je länger sie suchen müßte. Das macht eben die Übung. Plötzlich findet man, wenn man noch zu suchen glaubt. Das macht eben die Übung. Aber Auguste wollte dieses Mal sicher gehen, daß sie nicht wieder die Hausnummer verwechselte. Daher redete sie einen Herrn auf der Straße an und bat ihn, ihr die Nummer 5 zu zeigen. Frl. Dr. Auguste wußte, schon wieder dieser unheimliche Reim, daß sie, indem sie Frl. Dr. war, eine Persönlichkeit darstellte, und daß ihrer Autorität jeder willig sich beugte. Jeder mußte es ihr sagen, wo und wann Nummer 5 wäre. Sie war eine Persönlichkeit, genau wie die ganz großen Persönlichkeiten großer Zeiten. Dabei war es gänzlich gleichgültig, daß sie nur im Unterrock dastand*, denn die Kleidung macht die Persönlichkeit nicht, so was hat man in sich. Schade, daß sie ihren Hacken verloren hatte. Der Herr aber hieß Mayer. Mayer war Weltmann. Mayer machte ei-

* etwa wie die Kunstkritik.

ne elegante Verbeugung und nannte Frl. Dr. Auguste: »Gnädige Frau«. Dann erkundigte er sich teilnehmend, ob sie ihren Klemmer verloren hätte, indem er es taktvoll vermied, den niedrigen Absatz zu bemerken. Mayer zeigte ihr dann Nummer 5. Frl. Dr. Auguste fragte noch einmal nach, ob es auch ganz bestimmt Nr. 5 wäre. Jawohl, es wäre ganz gewiß Nr. 5. Und mit einer förmlichen Verbeugung ging Mayer weiter. Aber Frl. Dr. Auguste war infolge ihrer Erfahrungen mißtrauisch geworden und fragte deshalb einen zweiten Mann nach Nr. 5. Der hieß Müller. Frl. Dr. Auguste wußte, daß ihr als Persönlichkeit jeder antworten mußte. Sie bat also Müller, ihr zu sagen, wo Nr. 5 wäre. Müller war von Beruf Klosettreiniger. Müller brummte nur zwischen den Zahnlücken: »Kann det Biest nich sehn?« Auguste bat noch einmal: »Ach bitte haben Sie die große Güte, mir die Hausnummer 5 zu zeigen, ich leide nämlich an Wadenkrampf.« »Die werk dich zeijen«, fletschte Müller und zeigte ihr Nummer 4. Also fragte Auguste in 4 in 24 Wohnungen nach dem Fräulein. Zuletzt schickte man sie nach

Nummer 3. Aber welch glücklicher Zufall, welche Wendung des Himmels! Auguste war schon als Kind ein gescheiteltes Mädchen gewesen.* Und sie hatte schon immer so gewisse Ahnungen gehabt. Und so traf es sich per Zufall, daß Frl. Dr. Auguste, indem sie in Nummer 3 gehen wollte, zufällig in Nummer 5 hineinging. Bewegung macht Hunger, und Hunger macht satt. Bewegung ist der beste Koch. Das heißt, an Essen war gar nicht zu denken. Jedenfalls war Auguste jetzt in Nummer 5, der Instinkt war mit ihr durchgegangen. Und tatsächlich, nachdem sie in allen 10 Wohnungen des Vorderhauses und allen 10 Wohnungen des Hinterhauses nach dem jungen Mädchen gefragt hatte, erkannte sie die betreffende junge Dame, die vor ca. 6 Stunden sich von 5 getrennt hatte, um in 5 zu gehen. Die betreffende Betroffene öffnete ihr nämlich selbst die Tür in der fünften Etage, Hinterhaus.** Der Instinkt war eben mit Frl. Dr. Leb durchgegangen, wie hätte sie sonst so schnell das junge Mädchen ge-

* s. Kritiker.

** ausgerechnet »fünfte« Etage.

funden haben können. Wie freute sich Auguste, daß das Mädchen nicht inzwischen verzogen oder gestorben war. Aber was sollte Auguste nun sagen? Jedenfalls wollte sie es dieses Mal geschickt anfangen. Auguste wußte, daß sie jetzt diplomatisch vorgehen mußte. Sonst würde sie nichts erfahren. Auguste wußte, daß sie ihre persönliche Autorität wahren mußte. Es kam ihr ein genialer Gedanke, wie ein Freier, und schoß durch ihren durchlöcherten Kopf. Und wie ein Querschläger blieb der Gedanke sitzen. Auguste fühlte, daß sie jetzt quasi vis-à-vis der Ewigkeit stünde und schwieg deshalb. Auguste schwieg. »Was wünschen Sie?« fragte das junge Mädchen. Frl. Dr. Auguste wahrte ihre persönliche Autorität und schwieg. »Womit kann ich Ihnen dienen?« fragte das Mädchen weiter. Frl. Dr. Auguste schwieg. »Was wollen Sie denn hier?« – Auguste wußte ihre persönliche Autorität zu wahren. Jetzt begann das junge Mädchen ihr ins Ohr zu brüllen, was sie eigentlich wollte. Frl. Dr. Leb war ja gar nicht taub, nur zuweilen Persönlichkeit, nichts weiter. Aber Frl. Dr. Auguste erregte sich über diese Behandlung gegen eine Persönlichkeit, wenn sie auch einige Genugtuung darüber empfand, daß sie so großen Eindruck machte. Gegen Persönlichkeiten pflegt nämlich ein sittsamer Mensch ruhig, freundlich und leise zu sein. Ertauben Persönlichkeiten aber, so können sie sowieso nichts hören. Man legt den Finger auf den Mund und sagt ehrfürchtig: »Da steht sie, die Persönlichkeit. Sie sagt keinen Ton. Hört ihr, wie sie schweigt?«

Und mit einem Male schlug das Mädchen die Tür zu.

Frl. Dr. Auguste begann abermals zu klingeln. Das junge Mädchen kam nicht. Frl. Dr. klingelte wieder. Das junge Mädchen öffnete. Frl. Dr. Auguste schwieg, sie wahrte ihre Persönlichkeit. Da schlug das junge Mädchen wieder die Tür zu.

Frl. Dr. Auguste begann zum dritten Male zu klingeln. Das junge Mädchen kam nicht. Frl. Dr. klingelte stärker. Ein Hund begann zu bellen. Es kamen viele Hunde und bellten. Das junge Mädchen kam nicht. Frl. Dr. Auguste klingelte sehr laut und klopfte mit der Hand an die Scheiben.

Die Hunde bellten jetzt sehr laut. Aus allen Türen kamen Leute. Da kam das junge Mädchen wieder. Frl. Dr. schwieg. Das Mädchen war aufgeregt, zitterte und sagte: »Wollen Sie mir nun endlich sagen, was Sie hier eigentlich wollen?« – Frl. Dr. Auguste warf ihr einen verächtlichen Blick zu. Man muß die Bestien zähmen. »Ich fordere Sie jetzt auf«, schrie nun das junge Mädchen, »mir zu sagen, was Sie eigentlich wollen, oder das Haus zu verlassen.« »Das ist unerhört«, rief eine Stimme von unten. Frl. Dr. Auguste schwieg. Aber die Hunde bellten lauter. Das junge Mädchen mußte nun weinen.

Jetzt empfand Frl. Dr. Auguste mit Genugtuung den Erfolg, daß ihre Schweigetaktik doch die richtige gewesen war. Sie war im übrigen damit beschäftigt, einen neuen Wadenkrampf zu bekämpfen. Jetzt gab sie ihre Taktik auf, ging auf das junge Mädchen zu und nahm deren Kopf zwischen ihre beiden Hände, indem sie ihn sanft an ihre Brust drückte. Das junge Mädchen schluchzte tief auf und ab. Gerade als der Wadenkrampf erneut ausbrach, überschluchzte sich das jugendliche Mädchen. Die Hunde waren heiser geworden. Einer wollte in Frl. Dr. Augustes kranke Wade beißen. Das war ein großes Glück, denn sonst ständen die zwei Frauen immer noch im Treppenhause.

Plötzlich ging Frl. Dr. Auguste in die Wohnung, als ob sie hineingehörte und forderte das junge Mädchen freundlich auf, ihr zu folgen und bitte Platz zu nehmen. Frl. Dr. Auguste war eine Autorität. Deshalb folgte ihr das junge Mädchen. »Setzen Sie sich«, sagte darauf die Autoritätsperson zu dem jugendlichen Mädchen. »Wie heißen Sie?« – »Anna.« – »Und der Nachname?« – »Sündig.« – »Und welche Vornamen haben Ihnen Ihre lieben Eltern noch gegeben?« – »Louise, Eilerdine.« – »Ist Anna der Rufname?« – »Ja.« – »Wie alt sind Sie, Anna Sündig?« – »Siebenunddreißig Jahre.« – »Noch so jung?« – »Jawohl.« – »Militärische Verwendbarkeit?« – »G. v. Heimat.«* – »Militärmaß?« – »194 cm hoch.« – »Gewicht?« – »Schlank.« – »Woran leiden Sie?« – »Ich leide am Herzen.« – »Militärischer Grad?« –

* ältere Lesart: Heirat.

»Schief, nicht grade.« – »Zivilstellung?« – »Hühneraugenmasseuse.« – »Ledig?« – »Gewissermaßen.« – »Können Sie kochen?« – »Für den Hausgebrauch.« – »Dann kochen Sie uns eine starke Tasse Tee.« – Das junge Mädchen setzte Wasser auf Gas. Inzwischen, als das junge Mädchen draußen war, dachte Frl. Dr. Auguste. »Dachte* sind keine Lichte«, sagte schon meine Großmutter. Frl. Dr. Auguste dachte aber bei sich, daß sie auf diese Weise nichts erfahren würde. D. h. sie erfuhr allerhand, aber nicht, was sie wissen wollte. Ungewöhnliche Begebenheiten hatten sich ereignet, und Frl. Dr. Auguste wußte zwar daß, aber nicht was. Ein neuer unerhörter Reim. ß reimt sich auf s. Auguste fragte jetzt auf andere Weise, um aus dem jungen Mädchen alles zu erfahren. Zunächst fragte Frl. Dr. Bolte, ob das junge Mädchen die Dame gewesen wäre, die indem sie sich von 5 getrennt hätte, in 5 gegangen wäre. Das junge Mädchen leugnete es. Und dabei war sie es bestimmt gewesen. Auguste wußte es genau. Sonst hätte Auguste doch nicht ge-

* provinzieller Ausdruck für: Dochte.

fragt. Man fragt doch nicht, wenn man nicht die Antwort weiß. Sie war es bestimmt gewesen, bestimmt. Bolte sagte ihr jetzt auf den Kopf zu, daß sie es gewesen wäre, bestimmt. Wie ein aus Draht geflochtener Abtreter sagte es ihr Frl. Dr. Bolte auf den Kopf, daß sie zunächst in einer Gruppe von 10 Personen in einer und derselben Richtung gegangen wäre, dann hätte sie sich mit 4 anderen abgetrennt und hätte schließlich auch diese 4 verlassen, um in 5 zu gehen. Annalouise Sündig bestritt diese Tatsache. Und dafür hatte Auguste keine Mühe gescheut, um dieses undankbare Wesen zu finden. Auguste hatte jede Geschwindigkeit gelitten, allen überflüssigen Ballast abgeworfen, Abtreter auf dem Kopfe gefühlt und Wadenkrämpfe bekommen, und dieses Wesen, das alles wußte, sagte nicht einmal, was Auguste selbst schon wußte. Sie log. Das Wesen log. Nun fragte Auguste: »Habe ich Ihnen vielleicht noch nicht genug Ballast abgeworfen? Soll ich Ihnen vielleicht noch meine Watte aus den Ohren auf den Tisch legen?« und sie legte 2 Wattebäuschchen auf den Tisch. »Sie können doch unmöglich verlangen, daß ich Ihretwegen auch noch meinen Unterrock ausziehe. Sie verwogenes Wesen Sie, Kaffer! Und wegen Ihnen habe ich mir von ihrer Exzellenz Frau wirkliche geheimgetrocknete Pflaumenerzeugungsrätin, Frau Alma Schulz, deren hochgeborenen drahtgeflochtenen Abtreter mit 2 Pferdestärken senkrecht auf den Kopf hauen lassen. Und dieser Idiot lügt! Habe ich meine 2 Wadenkrämpfe denn umsonst gehabt?« Und mit diesen Worten wurde Auguste sehr zornig. Und indem sie mit dem Finger auf den Tisch wies und dazu sagte: »Da, da ist die Watte«, riß sie dem Schreibtisch ein Bein aus. Annalouise Sündig ergriff ihre beiden Beine und hielt sie fest. Mit diesem Beine des Schreibtisches zertrümmerte Auguste Bolte die Fenster, daß die Scheiben zur Straße klirrten, dann den Tisch, die Stühle, ein Kommödchen, Bilder, Spiegel, Nippessachen usw. Die Bilder an der Wand traten aus ihren Rahmen, und Frl. Annalouise flüchtete. Inzwischen war der Tee angebrannt. Vielleicht ist dieses der einzige Fall in der Weltgeschichte, daß Tee angebrannt war. Eine dicke

Luft durchwehte die kleine Wohnung, etwa wie Würmer. Auguste Bolte dachte, wie leicht sie, wenn sie statt des Wadenkrampfes einen Ramm gehabt hätte, hätte rammdösig geworden sein können. Die Hausbewohner, erschreckt durch die klirrenden Scheiben, liefen zusammen. Hier war für Auguste nichts mehr zu erfahren, soviel wußte sie. Und mit Würde wie eine Autorität verließ sie das Lokal*, indem sie den ihr begegnenden Hausbewohnern sagte, sie sollten nach oben laufen, der Tee wäre angebrannt, und es bestünde die Gefahr, daß er explodierte.

Als nun alle nach oben liefen, begab sich Frl. Dr. Auguste Bolte auf die Straße und schickte alle Leute, die ihr begegneten, in Nr. 5, weil dort etwas passiert wäre. Ein Mann nannte Auguste eine harmlose Irre, durch welche Bemerkung ihr Eifer bedeutend angefacht wurde. Aber dann riß sie sich los vom angebrannten Tee und stand nun wieder mit beiden Beinen in der Wirklichkeit. Denn die Lage erforderte Auguste ganz. Auguste wußte, daß etwas Unerhörtes passiert

* vergleiche Kunstkritik.

sein mußte, welches Auguste Bolte erfahren wollte. 1, 2, 3, 4, 5, 6, 7, 8, 9, 10 Menschen waren in ein und derselben Richtung gegangen. Grunds genug, daß was los war. Aber hier war nun nichts mehr zu erfahren. Also wußte Auguste, Auguste mußte es anders zu erfahren suchen. Es lag immer noch etwas gewissermaßen in der Luft. Warum nur alle Leute sie, Auguste Bolte, so ansahen! So was tut keiner ohne Grund. Deshalb mußte was los sein. Denn sie hatte doch nichts Besonderes an sich. Einen Unterrock sowie Hemd hatte doch wohl jede Frau an, also das war nichts Besonderes. Auguste war ein gescheites Mädchen, stets gewesen, schon in der Schule. Aber dieses war eine sehr schwierige Doktorarbeit. Der Dr. Leb gehört zu den schwierigsten Fakultäten.

Anfangs beschloß Frl. Dr. Auguste zu warten, bis wieder einmal 1, 2, 3, 4, 5, 6, 7, 8, 9, 10 Personen in einer und derselben Richtung gingen. Aber aus Analogieschlüssen mit anderen großen Ereignissen, wieder solch unheimlicher Reim, schlüssen und nissen, wußte Auguste, es reimt

sich wußte und guste, daß ganz große Ereignisse sich stets verschieden ankündigen. Sie war doch gescheitelt. Also Auguste wußte, daß, wenn jetzt 1, 2, 3, 4, 5, 6, 7, 8, 9, 10 Personen ausgerechnet in einer und derselben Himmelsrichtung gehen würden, so würde das dieses Mal nichts zu sagen haben, nicht einmal, daß etwas los wäre. Auguste wollte sich nicht täuschen lassen.*
Und als sie noch so dachte, gingen 1, 2, 3, 4, 5, 6, 7, 8, 9, 10 kleine Mädchen in einer und derselben Richtung, und das Pensionat begegnete Frl. Dr. Auguste. Auguste zählte: »1, 2, 3, 4, 5, 6, 7, 8, 9, 10.« Ja, aber warum sollten sich große Ereignisse stets anders ankündigen? Aus welchem Grunde? Auguste fand keinen Grund. An sich konnten sie sich nämlich anders und ebensogut auch in gleicher Weise ankündigen. Also mußte Auguste als gewissenhafter Mensch die 10 Mädchen ebensogut verfolgen, wie im Anfang jene 10 Personen. Und Auguste tat es. Aber indem sie dem Pensionat folgte, kam ihr der Gedanke, daß sie

* vergleiche Nachläufertum. (Epigone.)

die ganze Wahrheit, aus dem Grunde, daß große Ereignisse sich auch verschieden ankündigen können, auch anders erfahren könnte, d. h. wenn sie, statt den 10 Mädchen zu folgen, in entgegengesetzter Richtung ginge. Also ging Auguste zunächst in entgegengesetzter Richtung. Aber da Auguste nun einmal nicht wußte, ob es richtiger wäre, wenn sie mit den 10 Mädchen ginge, oder entgegengesetzt, und da es gewissermaßen vor der Ewigkeit gleichgültig war, so begann sie wieder ihren Pendelverkehr. Auguste war eben ein logischer Mensch, wenn es auch oft schwerfiel. Hier dachte Frl. Auguste an die großen Erfinder aller Zeiten. War nicht eine Ähnlichkeit in der ganzen Situation? Gewissermaßen wenigstens. Denn was ist eigentlich gewiß auf der Erde? Wenn so einer z. B. das Pulver erfinden wollte, wie sollte er es dann wohl machen? Wenn er z. B. alles zu Pulver zermahlen würde, so gäbe das noch nicht ausgerechnet Pulver.* Vielleicht müßte er sogar manches heile lassen, denn nichts ist anders zu erkennen, als durch sein Gegenteil. Al-

* vergleiche noch einmal die Kunstkritik.

so wer Pulver erfinden wollte, mußte Klötze bauen. Und dann überhaupt was für ein Pulver? Es gab z. B. Schießpulver, Backpulver, Brustpulver, Scheuerpulver, Putzpulver, je nachdem was der betreffende Erfinder zermahlen hatte. Und die Sache war sogar noch komplizierter. Zum Beispiel brauchte Brustpulver nicht ausgerechnet zermahlene Brust zu sein. Anderseits konnte es aber trotzdem zermahlene Brust sein. Denn wer wollte einen daran hindern, zermahlene Brust anders als Brustpulver zu nennen. Und wie sollte man Brust überhaupt zermahlen? Man müßte sie doch jedenfalls erst gut trocknen. Und dann welche Brust? Es gab Gänsebrust, Armbrust, Gänseleber, Gänseleberpastete, Beutelwurst, Schlackwurst, Puppenküchen usw. So dachte Frl. Dr. Auguste, als sie wiederholt umkehrte und bald hinter dem Pensionat herlief, bald in entgegengesetzter Richtung. Dabei wurde die Entfernung von Pensionat und der Stelle, an der Auguste dasselbe bemerkt hatte, stetig größer, und die Geschwindigkeit Augustes hatte mittlerweile bald die Zahl 333⅓ erreicht. Sie dachte wieder an neue unerhörte Dinge, die sich ereignen würden, als Vorboten großer Ereignisse. Da sah sie in der Ferne einen Mann, der, indem er sie erblickte, sich entsetzt umkehrte und davonlief. Nun setzte sich Frl. Dr. Leb in bedeutend gesteigerter Geschwindigkeit in Bewegung, Richtung fliehender Mann. Dieser floh, wie von Furien gepeitscht. Auguste entledigte sich nun auch des Unterrokkes als Ballast, um den Flüchtling zu erreichen. Sie hatte immer noch einen kleinen Unterrock an. Man schätzt die von ihr erreichte Geschwindigkeit auf 5–6 hundert m in der s. Plötzlich sprang der Mann in eine Droschke und entfuhr.

Frl. Dr. Auguste stand nun wie eine Schmuckfigur in den Anlagen.* Das Pensionat zu erreichen, war bei der jetzigen Entfernung unmöglich geworden. Der Mann fuhr per Droschke davon. Aber lange stand sie nicht. Plötzlich sprang sie in ein Auto, und das Auto verfolgte die Droschke wie im Kino.

Nun aber, als das Auto in rasender Fahrt die Droschke erreicht hatte, begann Frl. Dr. Leb Au-

* wie der Kritiker in der Kunstausstellung.

guste Bolte zu reflektieren. Denn wenn gute Worte sie begleiten, dann fließt die Arbeit munter fort. Sie überlegte nämlich, daß es vielleicht einseitig wäre, wenn sie jetzt nur den Mann in der Droschke verfolgte; wer konnte es wissen, ob gerade dieser Mann der Vorbote großer Ereignisse wäre. Sollte nicht vielleicht gerade das Pensionat auf außergewöhnliche Begebenheiten hindeuten. Per Auto aber wäre es noch zu erreichen, das Pensionat nämlich. Also gab sie dem Chauffeur die nötigen Anweisungen und richtete nun nach bekanntem System einen Automobilpendelverkehr zwischen Manndroschke und Zehnmädchenpensionat ein, bis ihr ein neuer Gedanke kam.

Zunächst wäre nun etwas über Richard Eckemecker zu schreiben. Seine Geschichte ist kurz. Wer er war, ist gleichgültig. Denn er war eben weiter nichts als Richard Eckemecker, stammte vom alten Eckemecker ab, sah seinem Vater und seiner lieben Mutter nicht unähnlich und hatte schon von seinem Vater eine gewisse Scheu, speziell vor Menschen geerbt. (Unsinn

Aujuste, heiraten mußt de.) Von dem alten Eckemecker stammte das berühmte Wort: »Der Mensch ist ein Vieh, ja ein Viehlu sogar.« (Unsinn Aujuste, heiraten mußt de.) Der kleine Richard war schon als kleines Kind scheu gewesen. Vieh war ihm greulich. Die Mücken stachen, die Bienen stachen, die Ameisen pieten, die Schlangen bissen, die Pferde und Esel schlugen, die Löwen bissen, die Katzen kratzten usw. (Unslnn Aujuste, heiraten mußte.) Ein Viehlu aber, so schien es ihm, das stach, piete, biß, schlug, boxte, kratzte und schoß sogar, je nach Bedarf. Kein Wunder, daß der kleine Richard scheu wurde. (Unsinn Aujuste, heiraten mußte.) Er scheute vor Menschen. Wie ein Pferd. Ein einzelner Mensch war ihm nicht unangenehm, denn kein Viehlu hat je Mut gehabt. (Nach Eckemecker natürlich.) Ein Viehlu allein würde nie angreifen. Aber in der Mehrzahl wurde das Viehlu kühn. (Unsinn Aujuste, heiraten mußte.) Und sowie nun der kleine Richard 2 und mehr Menschen sah, so scheute er. Seine liebe Mutter hatte ihm deshalb 2 niedliche Scheuklappen gearbeitet, damit er nicht gleich so viele Menschen auf einmal sähe. Richards Leiden hatte sich auch schon etwas gebessert, denn er scheute nicht mehr bei 2 Menschen, sondern erst bei 3, falls ihn nicht andere Gründe zu der Annahme zwangen, daß er einem wildgewordenen Viehlu auf Gnade ausgeliefert wäre.

An Schule war nicht zu denken gewesen. Richard war nicht vor dem Lehrer, aber vor den Mitschülern scheu geworden und war jedesmal durchgegangen, wie ein Pferd. Weder Strenge noch Milde hatten etwas vermocht. Und so war er auch nicht konfirmiert. Als man ihn seinerzeit zum Soldaten machen hatte wollen, hatte Richard die Kaserne demoliert, war dann festgenommen worden und vor seinen Feldwebel gestellt, wobei ihn der Unteroffizier ein Filou genannt hatte. Richard hatte Viehlu verstanden und war abermals durchgebrannt. Wie ein Topf. Und man hatte ihn laufen lassen. Ebenfalls wie ein Topf.

An jenem Tage nun, als Auguste Bolte ihren Dr. Leb machte, war Richard Eckemecker auf der

Straße spazierengegangen, mit Scheuklappen wie gewöhnlich, seitlich der Augen, ohne sich viel zu denken. Da waren ihm plötzlich 1, 2, 3, 4, 5, 6, 7, 8, 9, 10 Menschen begegnet, die ihm in einer und derselben Richtung entgegenkamen. Kaum hatte sie der scheue Richard gesehen, so war er scheu geworden und mit Geschrei durchgegangen, durch die Mitte der 1–10 Menschen hindurch, die nach allen Seiten auseinanderplatzten. Ein junges Mädchen hatte sich nicht mehr rechtzeitig retten können, Eckemecker hatte sie niedergestreckt. (Unsinn Aujuste, heiraten mußte.) Nun waren die restlichen 9 stehen geblieben, und als sie ihn hatten davonlaufen sehen, war in ihnen das Viehlu erwacht. Die 9 Menschen waren ihm nachgelaufen, um ihm etwas zu tun. Nun kamen andere Menschen hinzu, Passanten und ein Polizist. Es begann eine wilde Jagd Richtung Eckemecker. Wie im Kino. Richard wußte sich nicht zu helfen. Da lief er durch eine Spiegelscheibe in ein Delikatessengeschäft. Dort warf er zunächst den Inhaber um, dann alles andere. Er warf den Fischkasten und den Marmeladenschrank um, er warf den Käsequark und die Kasse um, er warf den Wurstschrank und den Senftopf um, er warf den Zuckersack und die Schmierseife um. Der Inhaber, Herr Mayer, lag unten. Nun kam die Meute der Viehlus ihm nach. Während einige zu plündern begannen und die Fische sprangen, während andere weiter demolierten, während andere den Inhaber, einen gewissen Herrn Mayer, verprügelten, während der Polizist vor Schreck Schreckschüsse abgab, entkam Richard Eckemecker unerkannt durch das Privatbüro und einen Gang auf eine andere Straße.

Da stand nun Richard Eckemecker, schwitzend, schäumend und zitternd wie ein Pferd. Wie wenn ein edles Pferd durchgegangen war. Er nahm jetzt seine Scheuklappen ab, um sich die Stirn abzutrocknen. Plötzlich gewahrte* er eine fürchterliche Erscheinung. Eine Frau in Hemdsärmeln, ohne Korsett, dagegen mit Unterrock, ohne Kleid, dagegen mit total verrutschten Strümpfen, mit einem hohen und einem niederen Ab-

* Kritikerdeutsch.

satz, die Haare aufgelöst im Winde flatternd, die Hände schüttelnd, wie zur Tat bereit, eine solche Frau kam mit Würde auf ihn zu, wie eine Autoritätsperson, laufend, geraden Wegs. Der scheue Richard begann zu schluchzen. Dann rannte er plötzlich davon, wie von den bekannten Furien gepeitscht, fort, aber dieses Mal nicht in Richtung nach der Frau, sondern entgegengesetzt. Schreck wühlte Augenlichter zischen Eingeweide. Richard Eckemecker fühlte ein unsagbares Grauen. Er schwang sich in eine Droschke und entfuhr. Und als er sich scheu über die Schulter umblickte, sah er die Frau in ein Auto springen. (Unsinn Aujuste, heiraten mußt de.) Wieso, was heißt hier heiraten?

Es gab eine angstverzerrte Jagd, wie im Kino. Zwischendurch raste das Auto davon, um das Pensionat zu erreichen. Dann kam es zurück mit neuer Wut, wie ein Dorfhund.* Plötzlich enteilte es wieder zum Zehnmädchenpensionat. Die Jagd war angstverzerrt, wie im Kino.

Plötzlich schoß wieder etwas durch Frl. Dr. Augu-

* Lies Kunstkritiken.

stes Kopf. Ein Gedanke schoß. Auguste erinnerte sich, daß es gewissermaßen vor der Ewigkeit gleichgültig wäre, ob sie dem Mann folgte oder nicht, wie es seinerzeit gleichgültig gewesen war, ob sie dem Zehnmädchenpensionat folgte, oder in entgegengesetzter Richtung ginge. Frl. Dr. Leb war schon in der Schule ein gescheites Mädchen gewesen.* Denn wer konnte es wissen, ob der fliehende Mann von großen Ereignissen käme, oder zu großen Ereignissen zu laufen im Begriffe wäre. Wer wollte es wagen zu entscheiden, ob Frl. Dr. Auguste dem Manne folgen sollte, oder in entgegengesetzter Richtung fahren mußte. Und welches war überhaupt die entgegengesetzte Richtung? Und genaugenommen hätte sie in jener entgegengesetzten Richtung gehen müssen, nicht fahren, da ja seinerzeit der Mann aus jener Richtung zu Fuß gekommen war. Salzige Zweifel überschlugen sich. Denn wer konnte es wissen, ob sie nicht gerade wegen der Gegensätzlichkeit in entgegengesetzter Richtung hätte fahren müssen und in gleicher Rich-

* siehe oben.

tung laufen? Wer konnte überhaupt etwas wissen? Und es wurde ihr klar, daß der Dr. Leb nichts wissen konnte.* Und sie empfand in aller Eile die Genugtuung, nun gewissermaßen sogar Frl. Dr. Professor zu sein, wenigstens außerordentlicher Professor, und zwar weil sie nichts wissen konnte.
Plötzlich hielt die Droschke.
Der Mann entsprang in ein Haus.
Die Würfel waren gefallen, und der Mann in ein Haus entsprungen. Frl. Professor Auguste ließ ihr Auto halten. Es war klar, daß hier etwas los war. Warum sonst entspringt ein Mann in ein Haus? So was geht nicht in einen hohlen Zahn! Warum sonst springt ein Mann in eine Droschke, um in ein Haus zu entspringen? Warum? Soviel war sicher, wenn hier nichts los war, war nirgends was los. Obzwar es auch umgekehrt sein konnte. Aber indem Auguste die Gleichgültigkeit aller Werte erkannte, indem sie nun wußte, daß alles je nach Geschmack alles oder auch nichts beweisen konnte, kam ihr eine neue unerhörte Er-

* Der Autor ernennt den Kritiker zum Dr. Leb.

kenntnis, daß es nämlich gleichgültig ist, ob sich ein Mensch darum kümmert oder nicht.
Um alles konnte sich niemand kümmern. Der Mensch mußte sich entscheiden. Und er mußte sich entscheiden. Und er mußte sich entscheiden, nicht weil er sich entscheiden mußte, sondern gerade weil es an sich gleichgültig war, ob er sich entschied und wie er sich entschied.
Frl. Dr. Professor Auguste machte nun angesichts der neuen Erkenntnis einen Strich durch ihr früheres Leben und wollte nun nur noch ausschließlich ihre ganze Forscherkraft dem ins Haus entsprungenen Manne widmen. Hier sollte sich alles entscheiden. Nur schade, daß sie nicht mit dem Auto ins Haus fahren konnte. Vielleicht würde dieser Mann sie sogar heiraten, wenn er erfuhr, daß sie Dr. Prof. Leb wäre. Überhaupt wenn sie einmal heiraten sollte, so wäre das gerade ein Mann für sie gewesen. Denn dieser Mann hatte Respekt vor ihr. Dieser Mann betrachtete sie, wie sie bei ihrer geistigen Bedeutung betrachtet werden mußte, als Respektsperson. Deshalb entsprang er in jenes Haus. Augu-

ste Bolte wußte jetzt, was sie wollte. Sie sprang aus dem Auto, warf den Schlag zu und lief in – – d. h. sie wollte laufen.

»Halt!« schrie der Chauffeur*. »Erst bezahlen!« – Auguste suchte ihre Handtasche und fand sie nicht. Plötzlich kam ihr ein rettender Gedanke, war sie doch schon immer ein gescheiteltes Mädchen gewesen, schon in der Schule. Sie bezeichnete dem Chauffeur genau die Ecke, an der sie seinerzeit die Handtasche niedergelegt hatte, als sie die je 5 Personen zu Fuß verfolgte und Ballast abwerfen mußte, und sagte, in der Tasche wäre mehr Geld, als er verlangte; den Rest solle er als gutes Trinkgeld behalten. Da wurde der Mann wütend und bezeichnete sie mit dem Ausdruck: »Betrügerin.« Demgegenüber betonte Frl. Dr. Auguste, daß sie wahr und echt sei und für den Idealismus kämpfe; sie wollte als erste den Dr. Leb machen. – »Wie«, sagte der Chauffeur, »Lebkuchen? Unsinn Aujuste, heiraten mußte!« und erinnerte noch einmal an Barzahlung. Frl. Dr. Prof. Leb stellte dem Automann eindringlichst

* als wie der Autor selbst.

vor, daß sie aussteigen müßte. Hier würde es sich entscheiden, hier würde sie die Früchte ihres Studiums ernten, sie müßte den Mann erreichen, der in jenes Haus entsprungen wäre, um ihn zu fragen, was er eigentlich wollte. Der Chauffeur verlangte wiederholt und sehr eindringlich sein Geld, indem er seine Hand bewegte wie ein Eichbaum im Sturme. Sie sprach nur von Idealismus. Da hielt der Chauffeur sie für verrückt und hatte Angst vor ihr.

Plötzlich packte der Chauffeur Frl. Dr. Leberwurst* mit beiden Händen, setzte sie ins Auto, ohne sich um ihr Geschrei zu kümmern, und fuhr davon. Er fuhr und fuhr, bis das Auto eine große Sandfläche in der Heide erreichte. Mitten auf einem riesigen Truppenübungsplatz hielt er an, setzte Frl. Dr. Auguste nieder und fuhr weiter.

Der Leser denkt nun, hier würde sich etwas ereignen; vielleicht daß die Truppen kämen. Aber die Truppen kamen nicht, fanden Frl. Dr. Leb nicht und hatten nicht ihre Freude an dieser Blume. Vielleicht denkt der Leser, hier würde Frl. Dr.

* resp. Lebertran.

Leb verhungern, aber sie verhungert hier nicht. Vielleicht denkt der Leser, Frl. Dr. Leb würde nach Hause finden, wie eine Katze; aber sie findet nicht. Jedenfalls glaubt der Leser, hier würde es Frl. Dr. Leb erfahren, wer oder was los wäre, aber sie erfährt es nicht. Der Leser glaubt ein Recht darauf zu haben es zu erfahren, aber der Leser hat kein Recht, jedenfalls nicht das Recht, im Kunstwerk irgend etwas zu erfahren. Jedenfalls vermutet der Leser, hier würde Frl. Dr. Auguste für ihre Mühe belohnt werden, etwa indem der Rektor der Universität käme und sie zum ordentlichen Professor Leb machte. Is nich.
Sondern die Geschichte ist aus, einfach aus, so leid es mir auch tut, so brutal es auch klingen mag, ich kann nicht anders. Ich als Autor erkläre hier, daß dieses der Schluß meines Versuches ist, dem Volke eine Auguste Bolte zu schenken. Danke sehr!

Einbeck, 1.7.1922.

Merz

Nachwort

Der Hammer schwebt schon, die Katastrophe kommt.

(Rektor Lauenstein.)

Kurt Schwitters
Tragödie Tran No. 22
gegen Herrn Dr. phil.
et med. Weygandt

In Herwarth Waldens Zeitschrift Der Sturm erschienen 1922, im Entstehungsjahr von Auguste Bolte, mehrere große Polemiken von Kurt Schwitters gegen seine Kritiker. Im folgenden ist die Tragödie Tran No. 22, gegen Herrn Dr. phil. et med. Weygandt* abgedruckt. Diese Polemik hat Kurt Schwitters in unmittelbar zeitlichem Zusammenhang mit Auguste Bolte verfaßt und in Der Sturm XIII, Nr. 5 (Mai 1922), S. 72–80 veröffentlicht. Sie richtet sich gegen den Hamburger Arzt Dr. Weygandt, der in der Morgenausgabe der Berliner Zeitung Germania vom 21. November 1921 Kurt Schwitters angegriffen hatte. Unter dem Motto Moderne Kunst oder Wahnsinn warf ihm dieser vor, daß seine Arbeiten Ähnlichkeit mit den geistigen Erzeugnissen Schizophrener habe.

* Den Begriff Tran benutzt Kurt Schwitters als Bezeichnung für Texte, in denen er die Kunstkritik angreift.

Tragödie

Tran No. 22, gegen Herrn Dr. phil. et med. Weygandt

An andrer Werken suche stets
Das Beste nur herauszufinden,
An eignen aber sei dir's Pflicht,
Vorerst die Fehler zu ergründen.
Marie Beeg.

Ausnahme=Offerte!
durch Kauf direkt aus Schiffsladung
ohne Zwischenhändler kann ich
T r a n
konkurrenzlos billig anbieten.

Zunächst nenne ich meinen Tran: „das Wasserglas in der Fliege“ und beziehe mich auf Marie Beeg. (Fliegen haben kurze Beine.) Ich befinde mich im Kampfe gegen die Reaktion.

„Ein Frühlingsabend am Rhein“

Die Presse unserer Gegner, der Gegner moderner Kunst, kämpft mit schmutzigen Waffen, indem sie auf die Dummheit und Eitelkeit der Menschen rechnet. Herr Dr. phil. et med. Weygandt in Hamburg schreibt z. B. von Zeit zu Zeit über die neue Kunst verwirrende Artikel, die wissenschaftlich ernst erscheinen sollen, aber leider nicht sind. Der Pöbel freut sich natürlich, dass man an sei-

Aushang kenntlich

ne gesunde Vernunft appelliert, er ahnt ja nicht, dass seine Vernunft nicht das Organ zum Erkennen von Kunst ist. Der Pöbel freut sich, dass ein Arzt die Ähnlichkeit zwischen modernen Künstlern und Geisteskranken so deutlich demonstriert, dass der Pöbel die Ähnlichkeit durch Gleichheit ersetzt.
In einem rheinischen Städtchen wird ein Frühlingsfest gefeiert. Der Pöbel ist zu dumm, um von vornherein abzulehnen. Wie kann ein Arzt über Kunst überhaupt schreiben, der doch höchstens nebenamtlich etwas davon versteht. Die Liedertafel Union, die sich auf einer Rheinfahrt befindet, hat durch ihre persönlichen Beziehungen zum Festleiter eine Einladung zur Teilnahme an dem Fest erhalten. Dann aber ist es überflüssig und irreführend, wenn Herr Weygandt neben seinen Namen die Titel Dr. phil. et med. schreibt.

Phil. et med. sind keine Autoritätstitel bezüglich einer Urteilsfähigkeit über künstlerische Fragen.
«SYNDÉTICON» es el nombre registrado y protegido por la ley.

‚Klebekraft'
ges. gesch., in Pulverform, klebt
Leder, Stoffe, Pappen etc.
I. Qualität
(stark fadenziehend) ergiebig.

Sollte phil. etwa Kunstgeschichte bedeuten, so hat Herr Weygandt hier sich selbst durch diesen Titel entwaffnet. Klebkraft,. stark fadenziehend, hat der Kunstgeschichtler nicht. Durch Studium aus Büchern sind Kunstgeschichtler derart in der Aufnahmefähigkeit borniert, dass sie mit dem besten Willen das Wesen neuer Kunst durch die Anschauung, fadenziehend, syndetikalistisch, nicht mehr erkennen können. Als sie auf dem prächtig geschmückten Festplatze eintrifft, herrscht dort bereits frohes Treiben.
Herr Dr. phil. et med. Weygandt weiss, dass er tatsächlich nichts gegen die Kunst der Jungen vorbringen kann, ausser seiner persönlichen Abneigung, die er sorgfältig zu verstecken sucht. Infolgedessen streut er Verdächtigungen aus, ohne zu beweisen, zieht Parallelen ohne Lineal und bemerkt nicht, wie krumm seine Linien geworden sind. Eine Künstlerkapelle lässt ihre lockenden Weisen ertönen und die Paare drehen sich im Tanz. Weinlauben laden zum Verweilen ein und entgegen des Dichters Mahnung:
„Willst wahren Du Herz und Glauben, zieh niemals an den Rhein
Und trink in rhein'schen Lauben nie einen Tropfen Wein",
folgt man der Einladung nur zu gern, denn alles atmet Freude und Feiertagsstimmung. Es ist z. B. eine sinnlose Verdächtigung, zu schreiben: „Verlockend für die Kunstjünger

wirkt sicher auch die Verachtung der Technik, wodurch mühsames Erlernen des Handwerksmässigen überflüssig erscheint." Ich hoffe dass meine beleidigten Kollegen dazu auch Stellung nehmen werden wie ich. Ich selbst kann nur von mir berichten, dass ich die sogenannte Technik im Abmalen durchaus nicht verachte. Ich male selbst sorgfältige naturalistische Portraits, man kann aber solche Naturstudien nicht als Kunst bezeichnen. Das Protrait ist eine wissenschaftliche Feststellung, wie jemand aussieht, die jeder beliebige unkünstlerische Mensch, meinetwegen ein Arzt, ebensogut machen könnte wie ich. Es ist aber leichter, dass ein Kamel durch ein Nadelör kricht, als dass ein Herr Dr. phil. et med. etwas von Kunst begriffe.

vorläufig

ausverkauft.

Von dem Festleiter herzlich willkommen geheissen, dankt der Liedervater für die freundliche **Begrüssung** und fordert die Liedertafel auf, einige Lieder zum **Vortrag** zu bringen.

Gibt's da eine Wahl?

Ganz einfach:

Weil Merzbilder — **enorm haltbar sind.**

Es liesse sich schliesslich noch darüber streiten, ob die Kunst oder die Nachahmung ein grösseres rein technisches Können erfordert.

Weil Merzbilder — sich deshalb im Gebrauch **billig** stellen.

Ich möchte zunächst über die Kunst schreiben. Beim Kunstwerk unterscheidet man Form und Inhalt. Die Form des Werkes wendet sich an die Sinne, der Inhalt an die Seele. Der Mensch hat fünf Sinne, und wir kennen die Sinnesorgane. (O du, Geliebte meiner siebenundzwanzig Sinne!) Aber was die Seele ist, kann man nicht mit Bestimmtheit sagen.

Weil Merzbilder — **Körper** und **Nerven schonen.**

Deshalb muss vor allen Dingen das Kunstwerk künstlerisch geformt werden. Die sinnlich erkennbare Form des Kunstwerkes muss künstlerisch sein. Rücksichten auf Dinge ausserhalb des eigenen Rhythmus gibt es für die künstlerische Form nicht.

Weshalb fragt man denn gerade nach Merzbildern?

Es ist gleichgültig, ob die Form etwas darstellt oder nicht. Die Form resultiert aus der Verwendung der formalen Mittel. Die Mittel der Malerei sind Malgrund, Farbe, Licht, Linie u. a.

Weshalb sind denn Merzbilder so populär und beliebt?

Der künstlerische Wille schafft aus diesen Mitteln durch rhythmische Wertung das Kunstwerk. Die Beziehungen sämtlicher sinnlich erkennbaren Teile des Werkes untereinander sind der Rhythmus. Der künstlerischen Logik ist die verstandliche fremd und feindlich.

Dieses erzielt man am besten, wenn man seinen Körper möglichst gleichmässig warm hält.

Das Fehlen der verstandlichen Logik im Kunstwerk bemerkt aber nur der, der die künstlerische nicht sieht. Dem, der die künstlerische Logik erkennt, ist die verstandliche gleichgültig. Ein Kompromiss, dass bald Verstand, bald rhythmisches Gefühl herrschten, wäre für beide schädlich. Verstandliche Logik, wohin sie gehört, in die Wissenschaft. (2 × 2 = 5.) Hierauf wird der Union aus goldenem Pokal der Ehrentrunk gereicht. Inzwischen sind fahrende Sänger auf dem Festplatze angekommen, die durch ihre Vorträge zur Belebung des Festes beitragen.

Man muss aus diesem Grunde darauf bedacht sein, dass

man diese Erkält[illegible]gen so schnell wie möglich los wird.

Die Mittel der Dichtung sind Laut, Silbe, Wort, Satz, Absatz. Bei der rhythmischen Wertung der Mittel ist wichtig, dass nichts zuviel und nichts zu wenig ist, damit die Einheit des Ausdrucks entsteht. Der Ausdruck ist nämlich Resultat der formalen Mittel, und nicht von verstandlichen Überlegungen.

Gleichmässige Körperwärme erreicht man durch häufiges Baden im Hause.

Nun zu Ihnen, Herr Weygandt! Ich sage es Ihnen offen, Sie halten nichts von der formalen Gestaltung.

Sind denn Merzbilder etwas Besonderes?

Ihnen ist es am wichtigsten, dass Sie den Inhalt begreifen können.

Sind denn Merzbilder besser als gewöhnliche Absätze?

Können Sie das nicht, so behaupten Sie frisch, der Künstler wäre mindestens den Verrückten ähnlich.

Weil Merzbilder — **eleganten** und **elastischen Gang verleihen.**

Sie verwechseln die Hauptsache mit Nebensächlichem. Der Tanz nimmt seinen Fortgang. $2 \times 2 = 6$. Die Vernachlässigung der verstandlichen Logik stört Sie so sehr, dass Sie darüber die künstlerische Logik nicht sehen. $2 \times 2 = 7$. Jawohl, da staunen Sie. $2 \times 2 = 8$.

Weil Merzbilder — die holperigste Strasse **zum Teppich** machen.

$2 \times 2 = 10$. Still senkt sich der Abend nieder und die leuchtenden Strahlen der untergehenden Sonne vergolden die Landschaft. Weil Sie die künstlerische Logik nicht sehen, stört Sie das Fehlen der verstandlichen.

Da erklingt ferner Glockenton und der Tanz bricht ab. Andächtig lauscht alles den feierlichen Klängen des Ave Maria.
Da Sie nun aber die künstlerische Logik nicht sehen können, können Sie nicht beurteilen, dass ein Unterschied, ein prinzipieller, aber besonders wichtiger Unterschied zwischen den Arbeiten Geisteskranker und künstlerischen Arbeiten besteht; dass die Arbeiten Geisteskranker im Wesentlichen keine künstlerische Logik haben, **wie leichte Erkältungen, Schnupfen, Husten usw.**

Alles in Allem:

Weil Merzbilder so viele Vorzüge haben, dass
sie für Alt wie Jung **unentbehrlich** sind.

Nähere Auskunft wird bereitwilligst erteilt.

GAS-ANSTALT

6 Unzen Handschuhe

von Emma
in einem indischen Maskenkostüm.

D I E D A
Kühn in das faule Fleisch der

uma

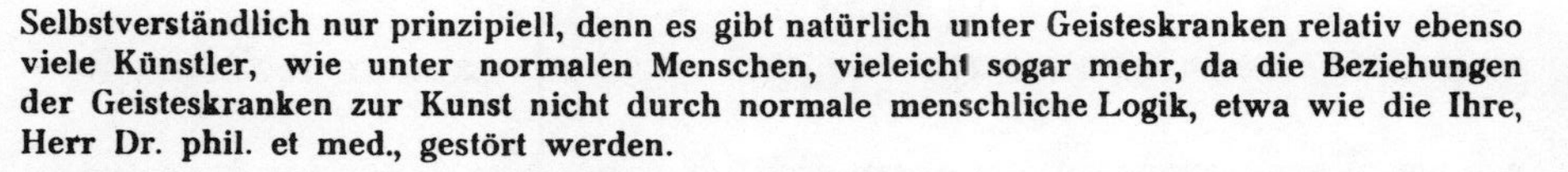

Selbstverständlich nur prinzipiell, denn es gibt natürlich unter Geisteskranken relativ ebenso viele Künstler, wie unter normalen Menschen, vieleicht sogar mehr, da die Beziehungen der Geisteskranken zur Kunst nicht durch normale menschliche Logik, etwa wie die Ihre, Herr Dr. phil. et med., gestört werden.

Ueberzeugen auch Sie sich mal von diesen Vorzügen, aber verlangen Sie von Ihrem Schuhmacher ausdrücklich MERZ, der Qualität wegen, denn es gibt auch minderwertige Gasbadeöfen. Gibt es da eine Wahl?

Wenn Sie z. B. schreiben, ich hätte mich zu Leistungen begeistern lassen, denen eine bedenkliche Ähnlichkeit mit den Erzeugnissen Schizophrener innewohnt, dann könnte jemand mit demselben Rechte behaupten, Sie hätten eine künstlerische Urteilslosigkeit gezeigt, der eine bedenkliche Ähnlichkeit mit, Sie wissen ja gut Bescheid über die Namen der Geisteskrankheiten, jedenfalls innewohnt. Vielleicht werden Sie alt? **Unsere Gasbadeöfen in hängender und stehender Form liefern Ihnen ohne große Mühe in 15 bis 25 Minuten ein Vollbad in jeder gewünschten Temperatur.** Allerdings würde dieser Jemand unberücksichtigt lassen, dass Sie ja garnicht blöde sind. Sie stellen sich nur urteilslos, um, ja um zu kompromittieren, um die Kunst zu kompromittieren.

Nach dieser kurzen Feierstimmung setzt des Festes frohes Treiben wieder ein. Oder wollen Sie etwa dreist behaupten, Sie hätten nicht kompromittieren wollen? Nehmen Sie doch einmal ein ganz heisses Vollbad! $2 \times 2 = 125$ Grad. Oder sollten Sie etwa wirklich urteilslos sein und sich nur so stellen, als verständen Sie etwas von Kunst? $2 \times 2 = 150^0$. Möglich. Jedenfalls stellen Sie sich dann verständig, um, ja um zu kompromittieren, um die Kunst zu kompromittieren. $2 \times 2 = 300$ Grad Reomür, Vollbad in 5 Minuten. Soll ich Ihnen mal sagen, was 2×2 ist? Vier mein Herr, vier, vier, vier, manchmal auch fünf, je nachdem, ob Sie Dr. med. oder Dr. phil. sind.

El SYNDÉTICON se endurece en el frio; pero en temperatura caliente adquiere su antiguo estado liquido.

Wenn Sie nicht die Absicht haben, zu kompromittieren, warum schreiben Sie dann nicht Ihre wissenschaftlich scheinen sollenden Ausführungen in wissenschaftlichen Zeitschriften, sondern in Tageszeitungen, die von einem durchweg wissenschaftlich ungebildetem Publikum gelesen werden.
Tänzerpaare, Sänger und Sängerinnen erfreuen durch ihre Kunst und sichern sich den Dank der Festteilnehmer?

Täglich genommen, üben sie bei Erkrankungen auf den Körper ungemein

grosse Wirkungen

aus.

Sie wissen eben, dass, obgleich die Masse der Halbgebildeten schwerfällig ist, die Gefahr besteht, natürlich von Ihrem Standpunkte aus betrachtet, dass trotzdem Einzelne langsam begreifen könnten, was Kunst eigentlich ist. Das soll und muss aber verhindert werden. $2 \times 2 = 4$.

Betriebskapital erhalten Firmen aller Branchen sofort. Keine Vorschusszahlung. Streng reell und diskret. Bedingung gute Auskunft.

Sie vertrauen auf den Autoritätsglauben im deutschen Volke und schreiben einen wissenschaftlich scheinenden Artikel für das Volk, nicht für die Wissenschaft. Voran stehen die Autoritätstitel med. und phil. Wesentlich ist Ihnen, zu kompromittieren, unwesentlich die Richtigkeit. Ich werde versuchen, meine Behauptung zu beweisen.
Ich will nicht entscheiden, ob Sie Ihre logischen Fehler kennen oder nicht, ob Sie also bewusst Falsches geschrieben haben, oder aus künstlerischer Urteilslosigkeit.

gegen Schnupfen
Wirkung frappant!

Das bleibt sich nämlich im Erfolg gleich.

Der Name BRAUNS bürgt für Erfolg!

Hier könnte ich eine grössere Zahl von Sätzen herausgreifen um Ihnen zu zeigen, dass sie unhaltbare Behauptungen enthalten und geschrieben sind, um zu kompromittieren.

1.) Es wäre aber auch weit über das Ziel geschossen, wenn man aus den auffallenden und den philiströsen Beschauer verblüffenden Erzeugnissen modernster Künstler sofort die Diagnose auf Irrsinn stellen wollte.

Wollen Sie diesen Satz wirklich verteidigen? Lachen Sie nicht selbst, wenn Sie ihn einzeln serviert geniessen sollen, innerlich? Ich nehme an, Sie sind noch nicht kindisch geworden aber diese Behauptung ist genau so albern, als wollte jemand etwa schreiben: „Ein im Zuschauerraum befindlicher Arzt, der einen Schauspieler einen Geisteskranken spielen sieht, braucht noch nicht sofort den Schauspieler auf Irrsinn zu untersuchen, er kann das Ende der Scene erst abwarten." Das ist also Ihre ganze Weisheit. Und es lohnt sich garnicht, diese Binsenweisheit auszusprechen, wenn man nicht damit den Schein erwecken wollte, als wäre es doch sehr notwendig, den Künstler auf Irrsinn zu prüfen. Der Künstler braucht nicht irrsinnig zu sein, er kann aber immerhin doch vielleicht irrsinnig sein, wenn er im Kunstwerk die verständliche Logik zu Gunsten der künstlerischen aufgibt. Das ist also Ihre ganze grosse Weisheit. Ich sage Ihnen: Ein Künstler kann sich den Magen verdorben haben, aber er braucht sich nicht den Magen verdorben zu haben, wenn er malt. Lohnte es sich nicht für Sie, einmal wissenschaftlich festzustellen, ob die Arbeit von Künstlern nicht eine bedenkliche Ähnlichkeit mit den Arbeiten Magenleidender hat? Die Anregung gebe ich Ihnen gratis. Die Sagen des Rheins leben in Wort und Gesang auf und lassen den Zauber auf alle wirken.

BLOND
ist die Mode!

„Die Reben und die Minne, sie geben Dich nimmer frei,
Und um Verstand und Sinne bringt Dich die Loreley!"

Nun lachen Sie wenigstens, Herr Dr. philetmed, ich finde Ihre Behauptung auch wirklich zu komisch.

Ich weiss Bescheid!

„Geh' treu und redlich durch die Welt; das Beste ist das Reisegeld."

NOTA BENE bin ich nämlich magenleidend.
Lieber Herr Dr. Weygandt! Sie schreiben im Anfang Ihrer Besprechung
in der **Germania**
Morgen-Ausgabe
Berlin 27. NOV. 1921:

„Moderne Kunst oder Wahnsinn?

Von

Prof. Dr. phil. et med. W. Weygandt.

Kunst und Krankheit, scheinbar zwei unversöhnliche Gegensätze!"

„Geh' treu und redlich durch die Welt; das ist das beste Reisegeld."

Das ist der Beginn. Was sich der Pöbel hinzudenken soll, liegt klar auf der Fussohle. Warum „scheinbar" und warum die irreführende Überschrift? Wollen Sie sich nicht selbst in der hier deutlich demonstrierten Weise ihren Artikel durcharbeiten, ich habe wirklich keine Zeit mehr, ich habe noch mehr Antworten an Kritiker zu schreiben. **O-Ha!**

Infolge der Materialbeschlagnahme
können Korbwaren zur Zeit nicht
hergestellt werden.
Lager ist vollständig geräumt.

„Im Zimmer liegt ein Duft von weissem Flieder
Und alles atmet Liebesseligkeit."

„Im Zimmer liegt ein Duft von weissem Flieder,
Ein holder Hauch der Liebesewigkeit."

Ansichtsmuster zu Diensten.

Nun mache ich Sie nur noch auf folgende Sätze aufmerksam:

„So kann die Schweizer Landschaft von Paul Klee, die auf Vierecken mit dürftig markierten Tannenbäumchen, überragt von der Schweizer Flagge, 3/4 Dutzend tierischer Gebilde in einförmiger Wiederholung darbietet, in frappanter Weise erinnern an die Zeichnungen eines verblödeten Katatonikers, der auf die Aufforderung, zu zeichnen, was ihm einfalle, das Blatt Papier mit ebenso unbeholfenen, schafähnlichen Tieren in langweiliger Wiederholung vollzeichnete." **Verflucht, ich habe gesiegt!**

und

„Bekanntlich hat sich Schwitters auch von der auf einer Planke angetroffenen kindlichen Inschrift „Anna Blume hat ein Vogel" zu dichterischen Leistungen begeistern lassen, denen eine bedenkliche Aehnlichkeit mit den Erzeugnissen Schizophrener innewohnt."

Wollen Sie kompromittieren oder nicht?

Verlangen Sie, wenn Ihnen das Wohl Ihrer Familie am Herzen liegt, heute noch ausführlichen Prospekt über MERZ.

Ich will mich nicht schafähnlich wiederholen.

Ein offizielles Festessen findet nicht statt, doch hält der rühmlichst bekannte Festwirt Speisen bereit. (Mettfilet.) In der Zeit von 8—9 Uhr kann zwanglos ein einfaches Abendessen eingenommen werden, bei Magen- und Verdauungsstörungen w o h l s c h m e c k e n d e, l e i c h t v e r d a u l i c h e und n a h r h a f t e S p e i s e n.

Ich könnte noch einen Schluss schreiben, aber ich verzichte zu Gunsten des nächsten Trans.

El SYNDÉTICON también se puede mezclar con agua de colonia cuando esté muy espeso.

Hiernach tritt der Tanz wieder voll in seine Rechte und lange noch herrscht heller Jubel und echt rheinische Fröhlichkeit auf dem Festplatze.

Ich will Ihnen nur noch ein Bild zeigen aus alter Zeit, ein Bild aus der guten alten Zeit,

Essen Sie gern KÄSE?

ein Bild aus der lieben alten Zeit,

Kleine Knallkörper

(Liliputmunition)
Absolut sicher!

ein Bild aus der schönen alten Zeit,

Neu!! Neu!!

Marmor-Krieger ohne Löschblatt

ein Bild aus der seligen alten Zeit,

Der Kaiserfaal mit den in Wachs „naturgetreu“ nachegebildeten Männern der Zeit

ein Bild aus der nie wiederkehrenden alten Zeit,

Sie ziehen daraus unermeßliche Vorteile

ein Bild aus der alten Zeit, in der Sie sich so wohl fühlten, damit Sie nicht traurig sind:

Und die Trompeten schmettern drein,
Der närrische Brummbass brummt,
Bis endlich das Fest ein Ende nimmt
Und die Musik verstummt.

Sie werfen die Frage auf: „Was ist Lempe?" Und geben die Antwort: „Ein Druckfehler, es soll Lampe heißen!"

Et quand tu songes la lune se couche,
Il ne se couche, il ne fait qu'ainsi.
Tibi cadaver cognosco cogito, ergo pingo.

Kurt Schwitters

Editorische Notiz

Die vorliegende Ausgabe folgt der 5. Auflage der Erstausgabe von Kurt Schwitters, Auguste Bolte **im Verlag der Sturm, Berlin 1923. Die Orthographie wurde der heutigen Schreibweise angepaßt. Vermutlich hat es nie vier Auflagen gegeben, vielmehr stellt die »Fünfte Auflage« die erste Auflage dar und ist als Gag des Autors oder als Trick des Verlegers Herwarth Walden zu verstehen (vgl. Bernd Scheffer,** Anfänge experimenteller Literatur. Das literarische Werk von Kurt Schwitters. **1978, S. 296, Anm. 23).**

Der Text der Tragödie Tran No. 22 **ist ein Faksimile der Reprint-Ausgabe von** Der Sturm. Monatszeitschrift für Kultur und die Künste. **Herausgeber: Herwarth Walden. 13. Jahrgang, 1922, S. 72–80. Reprinted by permission of Sina Walden, München, by Kraus Reprint. A division of Kraus-Thomson Organization Limited. Nendeln/Liechtenstein 1970.**

Der Text auf S. 7 wurde Kurt Schwitters, Anna Blume und ich. Die gesammelten »Anna Blume«-Texte. **Hg. von Ernst Schwitters. Zürich: Verlag die Arche 1965, S. 15f. entnommen und ist ein Zitat aus der Programmschrift** MERZ **von Kurt Schwitters** (Der Ararat **2, 1921).**

Das Foto auf S. 6 wurde ebenfalls Kurt Schwitters, Anna Blume und ich **a.a.O. S. 5 entnommen.**

Die Postkarte (Bildseite) auf S. 2 wurde am 31.1.1924 von Kurt Schwitters an Max Dungert geschickt. Text der Rückseite: Lieber Herr Dungert! Ich sende Ihnen einige Drucksachen, Einladungskarten. Diese Karte ist als Muster, was zu streichen und hinzuzufügen ist. Vielleicht haben Sie noch Gelegenheit, die Karten zu verwenden. Mit besten Grüßen Kurt Schwitters. **Das Original befindet sich im Besitz der Stadtbibliothek Hannover.**

Über den Autor

Carola Giedion-Welcker schreibt in der Anthologie der Abseitigen **(Zürich: Arche Verlag 1965) über Kurt Schwitters:**
Geboren in Hannover am 20. Juni 1887. Maler, Plastiker und Dichter. Nach akademischer Ausbildung in Hannover und Dresden kam er ohne weitere Überleitung vom Impressionismus zur abstrakten Gestaltung, und zwar »direkt aus Naturbeobachtung durch Verallgemeinerung«, gründete in Hannover 1919–20 Merz, **eine deutsche Variante des DADAismus. 1923 erschien die erste Nummer der** Merz-**Zeitschrift, 1932 die letzte, Nummer 24. Als Mitarbeiter der** Sturm-**Zeitschrift stellte er in der Sturm-Galerie aus. Strebte nach vielseitiger künstlerischer Äußerung: Malte 1918 die ersten abstrakten Bilder. Von 1919–1924 erschienen in der Zeitschrift** Sturm **über 70 Gedichte, Prosa sowie aktuelle Artikel. Machte gleichzeitig Gedichte, Prosa, Klebebilder, Reliefs und Plastiken in jener Zeit. Angeregt durch Raoul Hausmann entstand die** Ursonate, **an die er immer wieder neue Teile anfügte und die als Schallplatte erschienen ist. Nach der gleichen Methode konstruierte er sein Atelier in Hannover, ein phantastischer, durch zwei Stockwerke gehender Innenbau, an dem er zehn Jahre lang arbeitete (1925–1935), um immer wieder neue plastische und architektonische Einfälle in die straffe Gesamtkomposition einzugliedern. Dennoch wirkte das Ganze einheitlich, sowohl als Beispiel ironisierender Merzkunst als auch als Dokument eines konsequenten plastischen Elementarismus. Sein Haus und Atelier wurden 1943 bei einem englischen Fliegerangriff teilweise zerstört. Er selbst lebte seit 1937 endgültig in Norwegen. 1940 floh er vor der Gestapo auf einem Eisbrecher nach London. Wurde zunächst 17 Monate interniert. Seine letzten Jahre verbrachte er in Ambleside (Westmorland). Er dichtete in englischer Sprache und begann in einem Garten mit von ihm »beschütztem« Unkraut einen neuen Merzbau. Er starb am 8. Januar 1948.**

Buchveröffentlichungen

Anna Blume. **Dichtungen (Die Silbergäule. 39/40). Hannover, Paul Steegemann, 1919.**

Sturm-Bilderbücher. IV. **Kurt Schwitters (Einleitung von Otto Nebel, 15 Gedichte und 15 Stempelzeichnungen). Berlin, Der Sturm [1921].**

Elementar. Die Blume Anna. **Die neue Anna Blume. Eine Gedichtsammlung aus den Jahren 1918–1922. Einbecker Politur Ausgabe. Berlin, Der Sturm [1922].**

Memoiren Anna Blumes in Bleie; **eine leichtfaßliche Methode zur Erlernung des Wahnsinns für Jedermann. (Schnitter-Bücher.) Freiburg i. B., Walter Heinrich, 1922.**

Die neue Gestaltung in der Typographie. **Hannover, Kurt Schwitters [um 1925].**

Schwitters, Kurt, Käte Steinitz und Theo van Doesburg. Die Scheuche. **Ein Märchen... Hannover, Apossverlag, 1925.**

Vgl. auch Bolliger, Hans: Ausgewählte Bibliographie. **In: Werner Schmalenbach,** Kurt Schwitters. **Köln 1967, S. 374–393**

Literaturhinweis zu »Auguste Bolte«

Kemper, Hans-Georg, Die Logik der »harmlosen Irren« – Auguste Bolte und die Kunstkritik. **In: TEXT + KRITIK Heft 35/36.** Kurt Schwitters. **Oktober 1972. S. 52–66**

Lach, Friedhelm, Der MERZkünstler Kurt Schwitters. **Köln: Verlag M. DuMont-Schauberg 1971. S. 137ff.**

Mon, Franz, Zur »Auguste Bolte« von Kurt Schwitters. Ein nachträglicher Kommentar zum Abdruck in Akzente 1/63. **In:** Akzente **10. Jg., Heft 2 (April 1963), S. 239**

Nündel, Ernst, Kurt Schwitters. **Reinbek b. Hamburg: Rowohlt Taschenbuchverlag 1981. S. 42ff. (rororo bildmonographien 296)**

Scheffer, Bernd, Anfänge experimenteller Literatur. Das literarische Werk von Kurt Schwitters. **Bonn: Bouvier Verlag 1978. S. 137ff. (Bonner Arbeiten zur deutschen Literatur. 33)**

Schmalenbach, Werner, Kurt Schwitters. **Köln: Verlag M. DuMont-Schauberg 1967. S. 245f.**

Die Neue Arche Bücherei

Ein Forum für literarische Kleintexte

Die Neue Arche Bücherei knüpft an die
Kleinen Bücher der Arche an:
An ihre Tradition. An ihren Ruf.
Die Neue Arche Bücherei enthält:
Erzählerisches, Lyrisches, Dramatisches.
Essayistisches. Gespräche.
Neuausgaben aktueller und editionsgeschichtlich wichtiger Titel aus den Kleinen Büchern der Arche

1 Pablo Picasso
Wie man Wünsche beim Schwanz packt
Ein Drama. Übertragen von Paul Celan
Mit Materialien zur Aufführungsgeschichte

2 Gottfried Benn
Statische Gedichte
Mit einer Druckgeschichte und unveröffentlichten
Benn-Briefen herausgegeben von Paul Raabe

3 Werner Bergengruen
Die drei Falken
Eine Novelle
Mit dem Vortrag: Novelle und Gegenwart

4 Otto F. Walter und Silja Walter
Eine Insel finden. Gespräch
Moderiert von Philippe Dätwyler

5 Manfred Hausmann
Da wußte ich, daß es Frühling war
Eskimolieder
Gesammelt von Knud Rasmussen
Aus dem Dänischen übertragen

6 William Goyen
Nester in einem Steinbild
Erzählung & Gespräch

7 Peter Bichsel
Des Schweizers Schweiz
Aufsätze
Mit Fotos von Henri Cartier-Bresson

8 Kurt Schwitters
Tran Nr. 30
Auguste Bolte
(Ein Lebertran.)